# 気後れ雀の母恋日記

# 序

誰もよそのお祖母さんの闘病記なんか見たくもないと思う。当人としては、家族を巻き込んだ大変な体験をしているのだが、よくある話である。わたしはそんな「よくある」話を書いてしまった。でも、わたしには「よくない」話をしたかった。

母は働き者であった。そのせいではないと思うが、毎日忙しくしていて、母としてわたしに何も教えてくれなかった。わたしも何も教えてといわなかった。

母は何だって上手につくる人であった。特に、おはぎと赤飯と草餅は絶品で、売り物になりそうなほどの出来ばえであった。他にもお茶や味噌もつくっていた。

今、思うと気の毒だったのは自分を着飾るものなんか何もなく、化粧品も化粧水一つしか持ってなかった。それも、いつも切らしていた。そんな母を同級生に見られるのが恥ずかしいと思っていた。恥ずかしいのはこのわたしであった。わたしは間違っていた。人を見る目がなかった。

# 気後れ雀の母恋日記

目次

# 一寸の虫にも五分の魂

二、三日前からジョギング中に母のことを思い出すようになった。母が亡くなったのは十五年前、この間に母への思いは変わってきている

初めは忘れたくて夢中になるものを探し、遠ざけた。次に思い出すたびに恨めしく思った。そして、誰かと思い出を語りたくなってだいぶ経つようになった。今は、母のことは本当に懐かしい人になってしまった。やっぱり、私に対してあんなにうれしそうな笑顔を振り向けてくれる人はなかった。

母は農家に嫁いできた。在所一の働き者と褒める人もあった。でも私は、祖母、母と二代の我が家の女たちを見ていて、いくらもがいても抜け出せない不幸を感じた。私もいずれあんなふうになると思っていた。

中学生ぐらいになると、祖母や母のようにはなりたくないと思うようになった。将来に希望が持てるなんて思えなかった。生まれながらにして人は平等なんて考

えられない環境だった。母が「我々下層階級は……」というのを何回か聞いたことがあった。そのころの私にとって下層階級というものは、選択肢のない将来を意味していた。

私は山や藪の麓にある農村に生まれ育った。私の子どものころはまだ地主と小作の関係が残っていて子どもでもよく理解していた。でも、我が家も戦後の農地改革で、小作地を借金しては田畑を一枚ずつ買い取っていたことまでは知らなかった。だから、一家総出で朝早くから夜遅くまで働いているのにどうして家にお金がないのか不思議であった。特に、夏の炎天下、年老いた祖母の働く姿を見ていると、これが農村の不幸なのだと思った。母もまた父を助け、男のように働く人であった。

私は小学校高学年ぐらいになると家の手伝いをよくした。その中で気が重かったのは、何回か行ったことのある地主さんのところへのお使い。私は恥ずかしがり屋で大人の人と話をするのには大変な勇気がいった。ましてや地主さんの家、中身は何だったか覚えていないが、母が渡してくれた風呂敷包みを持って初めて地主さんの家へ行った日のことが思い出される。

玄関だと思っていた勝手口の前で戸惑っていると、その日はちょうどうまい具合に戸が全部開け放たれていた。思いきって「こんにちは」と言ってみた。誰も出てこない。大きな声のつもりだったがそれほどでもなかった。天井も高く、広い台所である。でも、中のようすは、はっきりとはうかがえない。陽の入らない北側だけのせいではなかった。建物が古く、内部全体がすすけていてよけい薄暗かったからであった。

私はこれでは聞こえないと思い、精一杯の声で「こんにちはー」と言ってみた。しばらくして、やっと人の気配がした。見たことのあるこの家の奥さんが出てきた。土間の上がり框辺りに正座し、会釈された。私は入っていいものか迷ったが、どうやらこっちから奥さんの側にやってくるのを待ってられる。近づくと黒っぽい着物で顔色も良くなかったが、目が慣れてきたのかはっきりと見えてくるようになった。母に教えられたように挨拶をすると、奥さんも労《ねぎら》いのような言葉を丁寧な物言いで言われた。決して子どもに話しかけるような言葉遣いはされなかった。そして、最後には、また、丁寧に挨拶をされた。

子どものお使いに対してお駄賃もない。上がり框に坐ったままの見送りである。

私は生まれて初めて大人の人みたいな扱いを受けた気がした。これが身分が違う人の暮らしなのかもしれないと妙に納得もしたが、今、穿《うが》った見方をすれば、地主と小作の関係を躾けられているような気もしないではなかった。

私は地主さんの家にくるまではどんな豊かな暮らしをしているのだろうかと興味を持っていた。なのに、この家の台所に、いくら探しても豊かさを見いだすことはできなかった。古くて広くて薄暗い台所には、年よりもはるかに地味な着物を着た顔色の悪い奥さんがぽつんと坐っていた。私には全部煤色の景色に見えた。雑誌に見る、原色やパステルカラーいっぱいの都会の暮らしのようなものを多少期待したが、そんなものはなかった。私は知らなかったのである。今も知らないが、物の良し悪しがである。着物も台所に備えつけてあった調度品も、高価なものに違いない。

私は祖母や母のことをいくらもがいても抜け出せない不幸と思っていたが見誤っていたかもしれない。農地改革で世の中が変わってしまっていた。地主階級は消滅してしまった。一生懸命働けば田畑は手に入る。我が家には希望があったのだ。それに比べて地主さんの家は先祖伝来の土地を守り切れない悔しさがあったと思う。代々栄えた家が没落していく過程を自分たちの代で立ち会い、見届け役になるというのは耐えられない屈辱だったのではないかと思う。

かつての地主さんのあの家の広い台所には、奥さんの指示ひとつで働く下働きのひともいて、お出入りの人たちが勝手口を出たり入ったりで、カマドからはいつも湯気が上がり、日がな一日カマドの灰も冷めることはなかったのではないかと想像させられる。私はそんな農村が明暗を分けた過度期に子ども時代を過ごした。

私は団塊の世代である。私は末っ子で他の姉兄よりかわいがられた。普段は忙しくて子どもどころではなかった母も、年に一回ほど秋の収穫期が終わった頃、私を連れだってパーマ屋さんへ行った。それも仕事を終えた夜に、ほとんど人家もなく、外灯もない夜道を数キロ歩いて行くのであった。

そこは愛宕山に通じる急な坂道の参道の途中で民家の二階にあった。とてもパーマやさんとは思えない。私はただ待っているだけだったが嫌ではなかった。母がおしゃれをするのがうれしかった。パーマが終わる頃には夜更けになってしまうのかと思った。

出てきたときの母の髪は、耳が見えるくらい短くなっていた。首筋の生え際には、日焼けせずに残っていた白い肌が表れて、一年で一番綺麗かもしれないと思った。母はそそくさと、後生大事にしていた、小豆色のショールを来たときよりも深く羽織り、私を促した。きっと早く帰らないと叱られると思っていたと想像する。私は私で、色濃くなってきた山々や生い茂る木立の陰が怖くて自然と足早になっていた。私の運動靴と母の下駄の音が、まだ歩いていない先まで、用もないのに知らせているようで恨めしかった。

こんな時、よその家の親子ならどんなふうに連れだって歩くのだろう。母は私と一緒の時はほとんどしゃべらない。私も話しかけることはあまりない。ただ母は私を側に置いときたく、私も母に寄り添っていたいというふうであった。

口数が少ないといっても母は暗い性格の人ではなかった。両親からたくさんの愛情を受けて素直に育ったというふうに感じられる人だった。ただ嫁ぎ先で苦労していて自分を表現することがしづらい環境だったと思う。

私の記憶の中の映像には、母が誰かと会話してるところは思い浮かばない。地域の同年配の人と楽しそうに話す姿、父との夫婦の会話、姉や兄との会話、浮かんでこないのである。三人の子どもがいたのだから、三通りの子どもとの歴史があるはずであるが、姉とは、兄とはどんなふうであったのか思い出せない。私ひとりが親子であったかのように思える。

母が話した言葉で、数少ないが記憶に残っているものに「一寸の虫にも五分の魂」というのがある。私は母がこの言葉を言った意味をいろいろ考えてみる。私が素直な性格の母がこの言葉を考えとして持つようになった背景を憎む。母は私のように屈折した人ではないはずである。力の無い立場の者に対して侮る者の意地を言っているこの言葉。一寸の虫が母なのか？　私は時々、埃のように舞っている虫を見て、こんな虫にも魂があるのだと、忘れていた母の言葉を思い出す。そして人を蔑《さげす》む心を持ってはいけないと戒められる。私の中には恥ずかしいが人を見下す心があるのである。その心が差別を生み出す。母は誰に対しても差別のない人であった。そういう人からでも私のような人間が生まれるのだから、親子といえどもやっぱり別人格なのだ。私なんかだったら、子どもは私のどんな言葉が記憶として残るのだろうか。

その過去を消したいと思うような気もする。

## 「お母さんは心配性ですか？」

昭和五十八年九月から毎週木曜日、カルチャーセンターの文章教室に通い始めた。

二回目の日、詩人で作家でもある高名な講師の先生は原稿用紙数枚だったかの宿題をだされていた。私は憧れだった習い事が叶って、期待と喜びに満ちていたはずであったが、その少し前ぐらいから私の胸のうちに曇るものを抱えてしまっていて、手つかずのままの日々を重ねてしまった。それで過去に書いたものを使い回すということでその日を迎えた。

文章教室では皆が順番に作品を披露していくのだが、私の番になって先生に、私の作品に常識から逸脱するものがあったようで注意された。それに対して私は言ってはいけない言葉で返答した。「時間が足りなくて、焦って清書してしまったものですから」というようなことを言った。私のこの言葉で教室内の空気が一変した。柔和だった作家先生の様相が急に険しくなったのである。

そこそも、この場で俎上に載せられるものは、何度も推敲を重ねられた作品であるべきはず、それに私の言ったことは子どもの弁解のようなもの、ここは思慮分別のある大人が自ら学びたいと思ってやってくるところ。

私には常識がなかった。なんであんなことを言ってしまったのかと、今更悔やんでももう遅い。私は授業を中断させ、クラスのみんなに嫌な思いをさせた。でも、そのときは申し訳ないという気持ちよりも恥ずかしいほうが先に立って縮こまっていた。いっそ夏の終わりに教室内に飛び込んできそうなはかない虫にでもなって果てたいと思った。

私は大人になってから他人に叱られたのは初めてだった。それも人前である。とにかく、この場は作家先生の立腹がちょっとでも早く治まるにはどういう態度をとればよいか、そればっかり考えた。「神妙」や「殊勝」の言葉が頭に浮かび、体全体で現さなければと懸命になり鎮火を待った。

通常の授業に戻ったのは、私の無礼な発言からどれぐらいたってからだろうか、数分しかたっていなかったかもしれないが、私には長く感じられた。終わりはあるのだろうか、とか先生は怒って教室から出て行ってしまうのではないだろうか、とまで心配していた。

私はこんな恥ずかしい思いをしたのに叱られた事実しか覚えていない。強く憤慨されたと感じたが、そんなに起こってられなかったかもしれない。私はもったいないことをしたと思った。

高名な作家先生は、こんなときどんな言葉をしゃべられたのだろうか。文学への熱い思いを語られたのだろうか。それよりも、私には社会人としてのあるべき姿を教えなければと思われ、普遍的なことを話されたのだろうか。言葉を生業にされている先生の一言一言を記憶にとどめるべきであったと惜しく思う。私は本当に稚拙であり姑息なことばかり考えていた。やっと授業が終わっても誰ともまともに顔を合わせて挨拶することができず逃げるようにして帰った。私は次の週から行かなくなった。と言うより実のところその日で最後と決めていた。

初めての文章教室の講座を受けた次の日だったか、私は姑の家の近くにある中規模程度のH総合病院内にいた。姑の紹介でM先生の診察を受けさせるために母を連れてきていた。

姑は二階にある外来へと私を案内した。初めてお目にかかる先生は、姑が昔、腎盂炎を患ったときお世話になった方で、それ以来なにかと頼りにしてきた。私が母に変わってこれまでの経緯を話すと先生は言葉少なく、うなずかれることが多かったが、話し終えるとすぐさまビニール手袋をして、私と姑をその場から外し診察された。そして呼ばれた私に先生は、詳しい検査の必要があることを告げられた。

風邪ひとつひいたことのない母だったので、その日一日で終わると思っていた私は納得しづらく、何を聞いていいのかもわからずにいると、看護師さんはこれからの予定を説明された。それで事務的なことで一人、一階への階段を下りていると、先ほどの看護師さんが駆け寄ってきて唐突に尋ねた。

『お母さんは心配性ですか?』と。母はある面は心配性であるが、ある面では父が言うのであるが「のほうず」で、両面ある人と思う。だから考えあぐねていたが本心は、先程来の話からの一貫性もなく、急に駆け寄ってきて言われたことへの「何故?」という気持のほうが強かった。でも何か言わなければと思って、そういうところもあります、と言ったと思う。本当は自分のことを言ったと思う。看護師さんは細かく三回ぐらいうなずかれ、いたく同情的な顔つきだったが、このときこれからの何かが決まったみたいな表情も見られた。

帰るとき、母は肛門から指を入れて診察されたと言った。恥ずかしい思いよりも親身になってもらったことが心に届いたのか、検査もその先にある苦労も受け入れなければと思ったようである。ただこの先、みんなに迷惑をかけることをすまないと言った。

その日の夕方、食事をしていると父から電話があった。

「ほんとうのところはどうなんや」と聞いてきた。母のことである。私は「先生は詳しい検査の必要がある。といわはっただけや」と答えると、父は姑から先生に電話で聞いてもらえないかと言った。私は困った。ちゃんと病院で話を聞いているのに、姑に先生の自宅まで電話させるなんて、と思ったがいつになく真剣な父の態度に押し切られ、姑にお願いすると、姑からの返事は、女、子どもに話せることと違うから息子さんが電話してくるように言われたと言ってきた。夫が先生から聞いた内容は、大腸に癌ができている可能性が高いということだった。このとき私には電話が凶器にさえ思えた。たんたんと受け答えする夫、一分あまりであった。たった一分でこんなにも重い現実を投げかけられた。

父は今すぐ聞いてくれと言っておきながら、返事は明日にしてくれと言った。母のいない隙をみてかけてきたからなのだろうか。今、存命している父にこのときのことを聞いてみたい思いがある。

この日の夕方、私は母が癌である可能性が高いと知った時点から、その後のことをよく覚えていない。どんなふうにして食事を終え、後かたづけをし、家族と会話したのか、きっと耐えられなくて本能的に記憶が飛ばされたのだと思う。ただ肉親でこの事実を知っているのは私ひとり。背負いきれない苦しさだけは記憶している。その夜、なかなか寝つかれず、浅い眠りのなかで夢を見た。

薄明かりである。日の出なのか日没なのかわからない。どこからか霧のように明かりが差し込んでいる。私は今、山の尾根にいる。ずいぶんと高い山だ。全体像は見えないが、天に向かってそそり立つとほうもなく高い山である。下を見れば、深い渓谷。尾根づたいにしがみつくように歩を進めていく。浮遊しているようで現実感がない。

辺りは視界一面、灰をまぶしたような景色である。たぶんこの先も、もっと先も。静かである。何も聞こえない。大気が希薄なのか真空のような空間。塵ひとつ舞っていない。生き物の活動の気配もない。生息していそうにもない。歩いた自分の音がしない。雪の日降り続く雪道を歩いていて、ふと、後ろを振り向くと、一足ごとに足跡が消えていく。あれである。少し前までは誰かがいたはずなのに、形跡すら掻き消されている。いや、初めからそこには人がいなかったような風景。

この世界はどこまであるのだろうか？　果てはあるのだろうか？　天文学的な数字や空間が頭に浮かぶが描ききれない。

ここは黄泉の国。私は今、死線をさ迷っているのだろうか。私には体はあるのだろうか。もう魂だけになっているのだろうか。

昨日までの私の生活は人と物とで溢れていた。家族とは体温や息遣いまで感じられる暮らし。一歩外に出れば、鉢植えの草花に目を掛け、害虫と葛藤したり、季節の移ろいを見知った人たちと会話したりの日々。もうないのである。

ひとつの生命体とひとつの生命体とが決して逢うことのないこの世界。たぶん、何光年先に、私のいるような世界がまたひとつあるのである。そしてその先にも、さらにその先にもずっと。ずっと。

ひとりになってしまった。

「ひとりぼっち……」

今、すぐ間近で声がした。呻き声のよう、私の声？　涙と鼻水で喉が詰まりそうになっている。我に帰ったのであった。

外はもう東の空から白んできている。私は今日から、また違った運命を歩いていくのだと悟った。母ととことん付き合おうと決めた。

私は家族を送り出した後、自転車で十分ほどの実家に向かった。でも、泣いてしまいそうなので父にも会いたくない。もちろん母にも。家の近くの畑にいるかもしれない兄に話そう。兄から父に話してもらおうと探していると、畑にいた。兄も辛くなるだろうと思いながら、どうきりだせばよいか考えていたら、兄が近づいてきた。母が癌らしいことをつげた。それだけしか話さなかったと思う。私はもう泣きたくなかった。兄も気づいていたと思うが、前の晩泣き腫らして、目が開きづらくなっていたのである。兄も何も聞かなかったと思う。私は実家近くにいることが苦しくなった。

次に病院へ行く日は、昨日主治医の先生が決まり、木曜日である。木曜日に外来に出てられる先生だとしたら通い始めた文章教室は諦めなければならない。

二回目の教室の日、私はその日が最後と授業に臨んだ。今思えば私は先生に通えないことを伝えるべきであったと後悔している。でも、その当時の私は誰にも母の病気を悟られたくなかった。私達親子と何の接点もない先生だったのに私は警戒していた。他にいくらでも言いようはあったのに。看護師さんの言った言葉「お母さんは心配性ですか?」の、この意味もわからないそのころの私。人の世の機微を知るなどほど遠かった。

# ことの始まりはここから

平成十五年十一月十八日、私は五十四歳の誕生日を迎えた。いつも必ず祝ってくれる夫は今回も忘れることなく、おいしいと評判の店のケーキを買ってきてくれた。私は奮発してすき焼き用の肉を買った。今日ばかりは高脂血症も気にしないでおこう。そのかわり、明日からはサカナ、サカナ、サカナでいけばよいのであるから。

午前中に子宮癌《がん》検診に行った。毎年誕生日に行っておく、というのを耳にしたことがあって実行した。今日一日、けじめもついたし、いい日になったと気分良く眠りについた。

朝方夢を見た。それも夢の途中で夢の中にいる自分に気づきつつ続きを見るというふうなもの。私は怒っていた。誰かに抗議したくて喉元まで出かかっている。いつもなら勇気のない私だが、ここは夢の中、「ゆうてもええで！」と背中を押されたような気がして「ウァーァー！」と、夜のしじまを破るような絶叫。その声で目が覚めた。

私は誰かにはっきりと何かをしゃべった。夢の中ではわかっていたその文句を、目が覚めたとたんに忘れてしまっていた。

またこんな夢を見てしまった。昨日はいつになくいい日だった。いい日を過ごしてもこんな夢を見る。私はどうしたんだろうか。何をもってしても昇華されないでいる闇が心の中にあるのだろうか。いつもいつも表現しきれないものが心の中に次々とおしやられていって、抑圧された状態にあったのだろうか。

それにしても誰に言いたかったのだろうか。相手の顔が知りたかった。夢の中でも意識があったのだから夢の中の物語の展開も能動的な姿勢がとれたかもしれないのに惜しかった。

私の場合、深層深くに澱《おり》のように沈殿するものがあって、現実の世界では少々波が打っても浮かび上がってこないが、夢の中の世界では時として地殻変動が起き、表面に吹きだしてくるのだろうか。やっぱり罪悪感からなのだろうか。

事実、長い間悔いの多い年月を過ごしてきた。私は二十一年間病院通いをしている。それは自分以外の病人も含めてだ。絶えず次の予約のある生活をしてきた。母に始まり、私、姑、娘と続いている。私以外はみんな重篤であるものばかり。私の当人たちへの係わり方は間違っているのではないだろうか。人一人の命を預かっているみたいな気持ちになり、心の中はいつも後悔と不安を抱えていて、ドキドキ、ビクビクの二十一年間であった。

それまでは恵まれすぎた環境に身を置く暮らしだった。母が癌《がん》だと分かったときは、この世では解決できない問題を抱えてしまったと思った。解決できないのなら悔いのないようにしたい。だから母ととことん付き合おうと思った。

昭和五十八年九月の中旬ごろ、母は姑が紹介してくれたH総合病院に入院した。検査の結果、結腸に癌《がん》ができていて、それを取り除く手術がおこなわれることになった。本人には事実を知らせず、ポリープができていると告げられた。

私も医学に対しての知識のない人間だが、特に母は畑仕事一筋の人で、ポリープが重い病気なのかそれほどでもない病気なのかも知らなかったと思う。母は現実問題として、便が出そうで出にくい不快感があり、血便も出ていた。私は、ポリープ自体そうたいした病気ではないが放っておくと他の病気になるかもしれない、それこそ大変だから、今の苦痛を取り除くためにも手術が必要だと母に話したと思う。

それにしても、私は母が病気だなんてピンとこなかった。今までに一度だって病気で寝ている姿を見たことがない。風邪を引いているなあと気づいたこともない。朝も早く起きるから、布団の中にいるのを見たことがない。夜はいつもやっと寝かせてもらうと、ありがたそうなことを言って床についていた。

看護師さんに「お熱ありますか？」と聞かれても、ありませんと答えている。でも、測ってみるとけっこうある。やっぱり、今までもしんどくて休みたいときもあったはずだ。今日、これだけの仕事をやってしまうと決めて取りかかる。そういう人だった。現に入院する日も、早朝から一仕事片づけてきた。種を蒔いてきたらしい。母によると、種さえ蒔いておけば後の者は困らない。そう言うのである。

病室は三人部屋であった。母より少し上の世代の人と、育ち盛りの子どもさんがいる三十代ぐらいのお母さんだった。前者の人は手術が終わり、退院を待つばかり、若い方の人は、検査をされたが手術は必要でなく、すぐ退院すると話されていた。やはり、心底安堵されている感じで母とは明暗を分けたが、母へ掛けられた親身な言葉は心に届いた。

私は毎日病室へ通った。子どもたちは小学校の四年生と二年生だった。姑が子どもたちのために来てくれた。母のことも心配してくれ、入院準備として晒しで腹巻きを作ってくれたり、また、ガーゼの寝間着も新だと肌ざりも良くないので洗ったら、後のアイロンがけも手伝ってくれた。

母は手術の前日に個室に移った。当日の朝、カウンセラーのような人が来た。それも事前に信仰している宗教までリサーチしてのこと。手術前の不安や高ぶった神経を落ち着かせるため、断らない限り来られるボランティアの人であった。

その後、手術場の看護師さんが来て「私が担当させていただきます。よろしくお願いします」と挨拶された。とても謙虚だ。これも信頼関係を築き、少しでもリラックスして手術を受けてもらおうとの配慮。この病院の患者さんに対する姿勢をみたようであった。とかく、私なんかは病院と聞けば、不透明な医療現場で医療従事者には優位に立つ者の驕りがあるのではないかと思っていたが、この病院の謙虚さにはすがすがしいものを感じた。九月二十日、結腸癌《がん》摘出のため手術室に入った。母六十二歳のときであった。

手術室は個室の真向かいで廊下を少し歩いた所にあった。扉の上には赤いランプが灯っている。このランプが早い段階で消えるとまずいということがみんなの予備知識にあったから、私達はランプの明かりを祈るようにして見ていた。母の手術が心配で駆け付けた人たちや同室だった老婦人も見守ってくれていた。若い方の奥さんは退院され、今日が手術日だとは知らず、私のためにわざわざおいしいと評判の店のお好み焼きを買って持ってきてくれた。一人ひとりの緊張がピークに達して無口になったところで手術室のランプが消え扉が開かれた。

手術着のT先生は、今切除したばかりの腸の一部をトレイのようなものに載せて持ってこられた。腸はきれいな肌色で十センチにも満たない、掃除機のホースを開ききったようなもの、癌《がん》部分は石榴のようなものが盛り上がっていて、案外綺麗なものであった。が、だんだんと血の気が引くのを感じた。最初の先生が言っていた言葉が頭に浮かんだ。「立派なものです！」本当はもっとおどろしいものかと想像していた。その場に居合わせた同室だった人たちも聞いてはいけないことを耳にしてしまったというふうな感じでその場を去って行かれた。

手術は予定通り済み、みんなもやがて帰って行った。外はもう夕刻であった。朝、私は付き添うため泊まり込みの準備をしてきた。病室は医療機器が持ち込まれていて、看護師さんの出入りも激しい。患者も麻酔が切れてからの痛みや熱などあらゆる苦痛との戦いがあるから寝られないのはわかるが、もう少し静かに休ませるようにするかと思ったら、夜中も血圧や体位交換やらで看護師さんが入ってこられる。そのとき仮眠している私を起こさないように気遣われる。それでも私が「ガバッ」と起きると、その日、夜勤だった看護師長さんは「起こしてごめんね！」とその都度言われる。白衣の天使というのは本当だと思った。後に私は本当に天使を刺繍したハンカチを何人かに配った。先生達には、優しい羊と逞しいライオンにした。これはその当時私が凝っていた手芸であった。

そんなふうな一日目が終わり、二日、三日と重ねていくうち、母の苦痛も少しずつ取り除かれていった。母が元気になってくると今度は私が疲れてきて元気ではなくなってきた。でも、一晩替わってくれる者がいて助けられた。

月も変わって十月になった。いよいよ退院というとき、季節の変わり目を病院で過ごしたものだから装いも変わってしまっていた。

母もLLサイズからLサイズになっていた。私は母の体型に合った洋服を探しに出かけた。

母は抹茶色のブラウススーツを着てうれしい退院をした。家に帰ってからの母は、徐々に元の生活を取り戻し、農作業に励んでいた。病院へは二週間に一度、私と連れだって行き、抗癌剤を注射し、血液検査をして帰った。次回のときに私ひとり残って結果を聞くのだが、これがドキドキものであった。母も自分の病気が分かっていたのか、私がなんでもなかったようにしていると、決まって笑顔で迎えてくれる。私はその顔を見て「今のところ大丈夫」というようなことを言う。でも大丈夫ではない結果のときがきた。

年が明けて、なぜか一月と二月と血液検査がなく、三月のときどこかに転移しているような数値がでた。そしてCTでも肝臓にはっきりと見て取れた。

私は一つの決心をした。姑に紹介された親切な病院であったが転院しようと思った。私は主治医の先生に嘘をついてCTを持ち出してしまった。このとき選んだ道がこの先引くに引かれぬ事態になり、大切な家族に悲しい思いをさせてしまうとは思いもよらなかった。人一人看取るというのは、その人の人生をも引き受けるようなところがあるのと同時に、自分の人生もその人の人生に飲み込まれるというところがあると思う。私には家族があるのだ。

## 「お前は、癌《がん》やぞ！」

父は母の手術後の食物養生に口やかましかった。父は自分なりの信念を持っていて、食事は腹八分目で毎回野菜をタップリが信条であった。そして出すことも。食べることと出すことに、あんなに熱心な人はおそらく私の周りにはいない。

父は今から三十数年前に腎臓を一つ取る手術をしている。手術後は通院を途中でやめ、自分で健康管理するようになった。自分の食事の用意はすべて自分でしていた。特に、葉っ葉物はなんとしてでも三食口にしてきた。母は病気知らずだったせいか無頓着なほうで、おまけに間食に甘い物が大好きな人間、父の癌《がん》対策は癌《がん》細胞の兵糧攻め、だから母には、食べ過ぎるな、甘い物は食うな、だった。だが、父が言っても言っても変わらないので、「おまえは癌《がん》やぞ！」と、とうとう言ってしまった。父にしてみれば、そんな食生活だったら癌《がん》で命を落とすのも早いといつも思っていて、その都度口から出かかっていたのだろう。

こういうとき、真実を知らされた本人はどう受け止めるであろうか。推測の域を出ないが、私は思う。当人にとっては宣告されない限り、抗癌《がん》剤の副作用で髪の毛がぬけようが、明らかに癌《がん》患者の辿る道を実感していようが、病室内は癌《がん》患者ばかりであろうが、わずかの希望が感じられたり、癌《がん》ではないと打ち消したりすることがある。それが告知されることによって一縷の望みが絶たれてしまい、芥子粒ほどの確率も消え、百パーセントあなたは癌《がん》ですよと保証されたようなもの。当人にとっては、これが天と地ほどの違いになってしまうのではないかと思う。言うのも辛いが隠すのも辛い。言われた本人はもっと辛い。母は一度も癌《がん》という言葉を口にしたことがない。でも頭の中は癌《がん》で一杯だったはず、朝から晩まで癌《がん》のことが頭から離れることはなかったはず、なのに癌《がん》を口にしない。

母は自分の母親を癌《がん》で亡くしているので身近で癌《がん》の恐怖を体験しているはず、二十年ほど前当時、癌《がん》の告知の問題はよく議論されていた。家族は告知せずが多く、本人は告知を望むが多かったと記憶している。入院してみると、同室の人は癌《がん》患者ばかりで自分も癌《がん》患者と思うのが当然の状況にあった。しかし、医者や家族からも告げられていない人が多かった。

今思うと曖昧な時期であったと思う。周知の事実、暗黙の了解という感じであったろうか。告知する、しないにかかわらず、家族が支えていくのには違いない。一番身近な人が決めることではあると思うが、隠し通すことは難しい。癌《がん》であると告げるのは本当に勇気がいる。不謹慎と叱られるかもしれないが、ネコとネズミが出てくるディズニーの映画で誰がネコの首に鈴を付けるかという話があるが、父が代表のネズミになってくれたような気がした。隠していると不協和音があったり、母に疎外感があったりで、このまま隠しおおせるかと不安があったことは確か。父が言ってしまったことを残念に思ったことはあったが、率直に言って私自身のしんどさは半減した。

母は自分が癌《がん》であると知らされるのと時期をおなじくして、血液検査で異常が見つかり、CTを撮っていた。その後、親しくしていた人に医療に詳しい人がいて相談すると、もっと大きな病院で診てもらったらと言われ、大学病院だったら月曜日に偉い先生が出てられるから、と助言されたと言う。母もその気になりかけており、私も京都で一番の所へ母の命を預けたいと思った。でもその一番というのが今思えば安易な考え方だったかもしれない。母にとって、よりましな余生の過ごし方と終末を考えれば良かったのだが、死の病とは思っても元気そうだったので、受け入れることができないというより実感がなかったのだ。

私はこの際、お世話になった先生に嘘をつこうと思った。主治医の指示によって外部で撮ってきたＣＴを持ち帰るとき、転院は可能かもしれないと感じた。今、ＣＴは私の手の中にある。このまま持ち出せるのではないかと、良からぬ思いが頭をよぎった。大学病院が少し近くなったと思った。病院へは私一人で行くことにした。診察室に入ると、案の定先生は、肝臓に転移している、と言われた。門脈から肝臓に転移したらしい。不運なことだが、と言われたと思う。覚悟してきたとはいえ重苦しい気分である。私は言いにくかったが、今説明を受けたＣＴを指さして、「これ貸していただけませんか？」と言った。今日、都合悪くてこられなかった父にも見せたいと思いますので、と言うと先生は、呆気ないくらい簡単に「どうぞ」と言われた。お気の毒な、という空気がその場にあったから許してもらえたのかもしれないが、考えてみると父にわかるわけもなく、変な言葉のやりとりだと思った。嘘も大学病院が受けてくれなかったら行く当てがないと思い込んでいたからである。後ろめたい気持ちで病院を後にした。

大学病院は、月曜日の外来に偉い先生が出てられると聞いて、母を連れ、CTを持って出かけた。誰の紹介もなく、生まれて初めて行く大学病院、心細かった。聞いていたとおり、偉い先生が出てられ学生もいた。世間で言われていたモルモットになった。一応の了解は取られたが、いやですとも言えず応じた。病院内にも、学生を教育するための医療機関なので協力するよう張り紙してある。だから何回でも同じことを聞かれる。紹介状はあるのか？　どうしてこの病院にこられたのか？　現在に至るまでの病歴は？　など、問診が関所のように感じられた。そこには人の心情など受け付けないような雰囲気があり、学生にとっては事実だけがほしい情報であった。当然、当事者や家族とは明らかに違う温度差があった。しかし、学生の五感まで研ぎ澄まされたような緊張感は信頼に値するほどのものであった。

やっと診察を受けられるようになったが、同じことばかり聞かれて疲れてしまい、本物の偉い先生のときのことになると記憶が残っていない。でもCTを診られて、肝臓に転移していると言われたことだけは覚えている。

その日は学生に協力したということで殊のほか医療費が安かった。でもやっぱりお金には変えられない。モルモットは辛い。また検査のため外来に通うことになった。

でも前の病院へ行って話をしておかなければならない。私は気が重かったが一人でCTを持って出かけた。

主治医だった先生に、我ながらずるいと思ったが大学病院で診てもらったことは話さず、本人や家族の希望でもあり、大学病院へ替わりたいのですがと申し出た。さらに、祖母も同じような病気で大学病院に入院しておりましたのでと、苦し紛れから今ひとつ説得力のないことを言ってしまった。何かその場に気まずい空気が流れた。先生は困ったような顔をされ言われた。

「わたしだったら、はっきり言って迷惑です」

わたしだったらと言うのは、わたしが大学病院の先生だったらということである。身勝手なことをしたとはいえ、これがお医者さんにすれば迷惑なことなんだと思った。私は姑に紹介された病院の先生を裏切ってしまった。なりふりかまわずの毎日だった。

四月になって、大学病院での血液検査、注腸検査の予約をした。困ったことに、今のところ大学病院では薬は出せないから、しばらくは前の病院でもらってくるように言われた。本当に困った。また頭を下げて頼みに行くより仕方がない。

確か、日曜日だったたと思う。私は自宅まで伺ってお願いしようと思い、電話帳で住所を調べた。運よく主治医と同じ名が一件あった。しかしそれが主治医だった先生宅かどうかの確信はない。探す手だてもなく、行くよりしかたないと決めた。丁度同行してくれる者があり、その者と一緒に住所を頼りに京都市郊外の自宅を探した。玄関の表札を懐中電灯で照らしながら、一件一件探し回った。やっと派出所で教えてもらい、尋ねると、めざす主治医宅であったが、その夜は当直だった。また先生の診察日に私だけ出かけ薬をもらうようになった。

大学病院の先生も診察の折に、前の病院の先生に母の病気の経緯について電話された。その際、訳もなく緊張した。

三月に血液検査で異常が見つかり、四月に大学病院へ替わり、手術するために入院できたのは五月であった。ベッド待ちをしていたのである。昭和五十九年五月十九日だった。この病院では外来のとき検査したものも、どういうわけか改めて検査があった。

病棟は八人部屋であった。同じ痛みを持つ人との出会いであった。母一人がこれから手術を控えている身であった。この部屋には、病気のうえに恵まれない家庭環境にある人もいた。母程度の不運はかすんでしまっていた。

それにしてもみんな思いのほか明るい。なかでも母の斜め前の胃癌《がん》の手術をした人は、娘さんが世話をしてられるのだが陽気な人である。病院の夕食は早い。消灯までの時間、大勢での雑談となる。その陽気なおばさんは楽しい話ばかりするので、母はお腹を抱えて、時には涙まで流して笑っていた。

これが癌《がん》患者の病室なんだろうか。そのおばさんは「くよくよしてもしかたない。毎晩宴会してんのや」と言った。しかし、一人一人がいろんな荷物を背負っているはず。心中は無念な気持ちで一杯であろう。病気でもそうだが、不幸といえども、仲間とうちとけ合って日々の出来事を話していると、悲しいけれどおかしいことがよくあったりして、自分の不幸を笑ってしまうことがあるものである。

このとき、初めて母が大勢の人と話している姿を見た。こんなに人と話すとは思わなかった。でも病院というところは絶えず、耐えることと頑張ることを強いられるところ。病気になっているのにである。

# ここは日本一の病院

母のベッドは入り口から入って左奥の窓から二つめであった。同室の人は戦前生まれの年輩の人たちばかりであった。母のように、戦争中に青春時代を過ごした人がけっこういて同窓会のよう。現に、女学校で母と同窓だった人がいた。そして、その人に付き添っている姉という人もそうであった。

本人は独身を通されていて、あの世代にしては珍しくキャリアウーマンであった。一度、外国人の知人がお見舞いに来られたとき、流ちょうな英語で会話されていてかつての仕事ぶりを見た気がした。母とは同郷のよしみで懐かしい話がいっぱいであった。私はそのお姉さんに縁談を勧められた。病気をされたせいか、家族のいない妹さんを不憫に思われていた。当時三十五歳だった私と妹さんとを重ねて見られての同情からか、私をなんとかしてあげようと声を掛けてこられた。私も家族に向けられるべき気持ちのほとんどを、母に注いでいたのが誰の目にもみてとれたのであろう。退院後、その同窓の人は外来で数回逢ったが、いつも凛としていて、立ち居振る舞いの美しい人であった。その人が入り口から入って右奥の窓側のベッドであった。

母の右隣の人は福井県は敦賀の人で、ご主人といつも一緒に漁に出ていたという漁師さん。大学病院は初めてだった母は何かとその人に親切に教えてもらっていた。胃の手術を終え、医者に命を救ってもらったといたく感謝されていた。「この世には神も仏もないと思っていたけれど神も仏もいた。それはお医者はんや」と言った。退院の日、漁師のご主人は立派な鯛を持ってやってきた。人ごとながらうれしい退院であったが、後に亡くなられたと人伝に聞いた。あんなに医者に感謝していた人は珍しい。ご主人と二人で、また漁に出てられると思っていたのに悲しい訃報であった。

敦賀の漁師さんの右側、入り口の左側の人が大阪は高槻の人であった。肝臓の手術をされたがもとより持病の糖尿病があって、治療が困難なようであった。家族の人の話によると、肝臓によい治療をすると糖尿病が悪化し、糖尿病によい治療をすると肝臓によくないと話された。本人は気力も体力もしんどそうだった。

一度悲観されて病院の窓から飛び降りそうになって、みんなでなんとかベッドに戻されたらしい。家族の人に腫れ物に触るような気遣いが感じられた。退院後、外来で逢ったら一人であった。頼りにされていたご主人のほうが悪くなられたと聞いた。帰って行かれる後ろ姿からはもう一人で大丈夫と感じた。

この高槻の人の向かい側、入り口の右側に母が亡くなるまで気にかかった人がいた。丹波の人で、高校一年生の息子さんがいる洋裁で生計を立てていたお母さん。母一人子一人であった。息子さんが時々来ていたが、家政婦さんにお世話になっていた。どういう経緯があったか知らないが、人工肛門と人工尿路になってられた。大変な手術でこれからの生活も困難であろうが、まだまだ子どもに対しての責任のある大事な人。病室では一番若いとはいえ、遅いときの子どもさん。体も小柄で華奢な体つきであったが、何がなんでも生きるのだという凄みがあった。

支える家政婦さんもいたく同情されていた。世間ではあまり評判のよくなかった家政婦さんであるが、この人は違っていた。ボランティアという感じがした。退院されてからも自分の畑で作られた野菜を持って左京区の自宅から丹波まで足繁く通われ、家事のことから庭の草むしりまでされたという。

後に母も同じ手術をすることになったこともあってか、いつもどうされているか気に掛かっていたが、たいがい良い知らせばかり聞いていた。気迫に満ちたあの姿勢は病気を進行させないものなのか、人工肛門と人工尿路をつけて車の運転をするなど、以前のように仕事も再開され、時には同病者の集まりにも参加されていたとか、自己意識の高い心の強い人であった。

母の隣の窓側の人は一番の年かさで八十歳代の人。腸が悪いということで入院された。お嫁さんが時々見えるが、本人は世話をさせるのは悪いとの思いから自分で洗濯をされていたが、病気の症状のせいか洗濯物が多く、いつもたすき掛けで病室を出たり入ったりしていらした。若い頃から小さな体でコマネズミのように働いてこられたのではないかと想像させられた。

お嫁さんは、もう年だから手術するようなことになっても、大層にしないようお医者さんに頼まれたとか。私はその話を聞いて、それまで人を看取ったこともなく、苦痛だけを押しつける過剰医療の現場に出会ってなかったので、お嫁さんだから親身でないのではと思った。今となっては、私も治療の選択肢の一つに考えられる。

総室というところは、その患者さんを通して家庭というものが見えてくる。一般家庭というい方をするときがあるが、どの家庭をとってみても同じというものはない。今は亡くなった人もいるが、同窓会のようだった。あの時あの部屋でのみんなのあの笑顔。病という荷がちょっと軽くなった瞬間だった。

母の主治医になったのは私より少し年上のJ先生という男の人。私は初めてお医者さんに興味を持ってしまった。母は誰に対しても同じように接する人で、たとえ権威ある大学病院の先生といえども同じであった。

手術が決まって間もない頃、手術に不安を感じて大丈夫でしょうかと先生に尋ねたら、先生は「ここは日本一の病院です」と言い残して行ってしまわれたと母は言った。言葉が足りず、この病院で大丈夫ですかと母が言ったと思われたらしい。私はこの病院を京都で一番と思いやってきたのに、先生は「日本一」と言われた。頼もしいと思った。母も「自信もったはるでえ！　滅多なことは言われへん」と恐縮しきりであった。主治医の先生とは最初の頃の出会いからこんなふうだった。J先生とは、このときの手術と合わせて三回も母の命を預けることになるとは思わなかった。肝臓というところは無言の臓器と言われているが、検査で血管造影という辛いものがあった。足の付け根の動脈を切開しての検査で、後で長い間その部分に重しのような物を載せ、安静にしていなければならない大層なもの。母は鉄板の上に載せられ焼き殺されるような衝撃だったと言っていた。この検査を終えた後、やっと手術日が決まり、家族に説明するということで父と二人で先生に会いに行った。主治医のJ先生は、執刀される先生のいらっしゃる助教授と書かれた表札の掛けられた部屋に案内してくれた。紹介されたO先生は助教授なのかわからないが、白髪の学者さんらしい人であった。そのO先生は母の手術について、素人でもわかりやすいように話されていて、五年生存率が何パーセントだの言われたが記憶に残っていない。癌《がん》になったこと自体が不運なことと思っていたから、生存率がいくらと言われても、また悪い方の可能性に行ってしまうのではないかと思ったりして聞いていた。

でも話を聞いていて、今まであった先生とは少し違う雰囲気の人だと思った。O先生を見ていると、他のものが見えてこない。プライベートではどんな人なのかが一切見えてこない。白衣の姿しか想像できない人であった。

手術当日、母は頭に白い布を巻き、手術着に着替えてストレッチャーに乗った。

身内の者一人が手術室の前まで送っていくのである。普段は開かないドアが開いて手術室に通じる廊下を、母を乗せたストレッチャーは、私の気持ちを無視するかのように、思いの外、軽く進んでいった。母の片方の目から泪が一筋落ちた。母が自分のことで泣いたのを初めて見た。昭和五十九年六月七日、肝臓癌《がん》摘出手術のため手術室に入った。母六十三歳であった。

手術中、前回とは違い個室で待機した。来てくれた人はほぼ前回と同じ。数時間ぐらいしか経っていなかったが、執刀のO先生が部屋に入ってこられた。偉い先生が直々に来られた。大事なことを報告に来られたと思った。大事なこととは、手術中に不測の事態が起き、母の様態が急変したのかと想像してしまったが、先生の顔は自信と喜びに溢れた笑顔。

「うまくいきました」

と、それも大学病院の偉い先生という構えもなく「きをつけ」のようにして言われた。純粋に一つの成功を喜ばれている研究者をそこに見た気がした。白髪の先生が初々しく見えた。その後、教授回診のとき、大勢の先生方の中の一人であったが、私を見つけて「お母さんはもう大丈夫だからね」と声を掛けてくださった。

私はこのO先生を何年か後に新聞の紙面で肝臓移植の記事で目にすることになった。主治医の先生も肝臓グループの一人であった。土曜日の早朝はいつも勉強会があると聞いていた。私は部活の朝練みたいと思ったが、朝も夜も先生はよく見かけた。家には帰ってられるのかと思った。風邪をひかれていることがあり、病院で仮眠だけしかされていないからかと想像もした。

やっと病室の外を見る余裕が出てきた。蔦がびっしりと絡まった研究室が窓から見えた。人工心臓を埋め込んだ山羊がいると、長年家政婦をしてきたおばさんが言っていた。小さな動物も同じ生命だが、山羊はかわいそうと思った。

左側の屋上を見ると、小さなお墓がいっぱいあった。「人間が傲慢なことをしているから、次々とわけのわからん病気が増えてくるのや」とおばさんは言った。それからおばさんは付け加えた。「上の先生ほどなあ」と言った。私は母の手術の成功を笑顔で喜ばれたO先生の顔が浮かんだが、苦悩でゆがんだ顔はどうしても想像できなかった。O先生はO先生のままだった。

# しっぽくうどん

麻酔から醒めた母は、手術室からみんなが待っていた個室に戻ってきた。部屋で用意されていた器材が機能しはじめた。すると、うまく立ち回らなければ何かを引っかけて倒しそうな状態になった。そこへ医師や看護師さんが入れ替わり立ち替わり入ってこられるので落ち着かない。回復に向けての看護が始まったのである。

私と父は摘出された癌を見せてもらいに行った。小さな理科室のような所で、それらしいものは瓶詰めにされて棚に並んでいた。どういうわけかまな板と包丁のようなものがあった。ビニール手袋をしたJ先生は、ついさっき切り取ったばかりの鶏の胆に似た肝臓（五分の一）を見せ、これを取り除いたとまな板の上に載せ、包丁でスパッと切った。

中にはゆで卵の黄身部分のようなものがまんまるくあった。J先生はほらほらというふうに持ってこられた。「これか、こいつが癌《がん》なのか」手で触ろうとしたら、父が私の手を払いのけた。

父は病気に関しては異常なくらい警戒心の強い人。それに比べて少し無神経な母を、感染する病気でもないのに避けるようなときがあって、私は悲しく思っていた。触ろうとしたのは、そんな父に対しての私なりの当てつけであった。私は触れると言いたかった。J先生には母への思いをアピールしたかった。恥ずかしいかな、私は自己顕示欲の強い人間である。

その夜、誰かが弁当を持ってきてくれた。中には、今晩から母に付き添う私を気遣って考えられたおかずばかり入っていた。でも鶏の胆だけは胸が詰まった。ほんの少し前に見せられたばかりの母の肝臓の一部が目に焼き付いている。

人へのこの手術が日の目を見るまでに、いったいどれだけの動物実験の犠牲が払われてきたのだろうか。いとも簡単に人間の口に入ってしまう鶏たちに比べて、母一人の肝臓を守るためになんと大仰なことをしていることか。涙すべきは鶏にではないか。鶏の胆は食べられなかった。その夜はなんとなく取り残された感じがした。

前日の夜、私は寝られなかった。床に就いたのは日付が替わってからであった。前夜は夫の英会話の日、いつもの時間に英会話の先生の元に行った。私は翌日から病院に泊まり込むので早く家事を済ませ休みたかった。しかし、帰宅時間になっても一向に夫は帰ってこない。夫は毎日規則通りに生活する人。私はおかしいと思いながら十二時近くまで待った。しかし、とうとう不安になり、英会話の先生のお宅へ迷惑を承知で電話した。いつも通りに帰ったとの返事で、本当に迷惑そうだった。こういうときの外人の対応は正直である。

何か事故にでも遭っているとすれば、母に付き添えなくなる。私は派出所へ電話して近辺で事故はなかったかと聞いた。事故は一件もなかった。じっとしていられないので一人で自転車で探しに出かけた。川にでも落ちているのではと、懐中電灯を照らしながら英会話教室近くまで行ったが見つからなかった。諦めて家に帰って、床の中で寝つかれぬまま待っていたら、深夜の二時頃だったか帰ってきた。

夫は姉が出入りしている新興宗教のようなところへ行っていたのだ。明くる日の母の手術のこと、留守の間の子どものこと、一杯心配しているのにさらに心配事を増やすなんてと腹立たしくもあった。

取り残されたと感じたのは、感じるだけの余裕があったからだと思う。前回の時のように母はあまり痛がらなかった。苦しまなかったのである。不思議であった。

夜が明け、昨日の続きのような朝を迎えた。J先生は六時半ごろ「いかがでございますか」と大きな声を掛けながら入ってこられた。私はあわてて身の回りを整えた。やはり先生は朝が早かった。以後は私も早く起きて待機した。

朝は手術部位のガーゼ交換がある。先生は清潔であることに特に気を遣われた。それと何より感心したのは。手先の器用さであった。ピンセットを使ってナイロン糸で輪っかを作り結ばれる。J先生に指導を受けているもう一人の主治医の先生では心もとないこともあった。

足の付け根から動脈血を採るのであるが、もう一人の先生ではこれがなかなかうまくいかない。母は「もう一回やってみとくれやす」と頼むが、数回してできないと、「後できます」と帰って行かれる。その後J先生がこられるときがあったが、いとも簡単に採血された。毎朝の主治医の回診の外に週一回の教授回診があった。

回診の少し前になると看護師さんがやってきて、身の回りを整理整頓して待つようにと言って回られる。付き添いの者は廊下に出て、患者はベッドで休み、起きられる者は正座して待つ。教授が来られると、若い方の主治医の先生が指導者であるJ先生のような先生の付き添われたような状態で教授に病状を説明されていた。このとき教授は患者に一言もしゃべらない。会釈すらされていなかったと思う。大学病院の上下関係の緊張感が患者や家族にまで伝わってくる。もうピラミッドのような病院の組織の最下層に患者も組み込まれたような気分だった。

大勢の医師たちの大移動。たった一人看護師長さんだけが教授を先導するようにして行動を共にされている。

病棟内総てを回られるものだから早い。みな押し黙ったまま粛々とことが運ばれていく。まるで大時代で、今の社会通念からしても時代錯誤のような感じがある。私は少し屈辱的なものと引き換えに高度な医療を受けることを選んでいるのであると考えた。

肝臓はトカゲのシッポのように切り取っても再生していく臓器。優秀な先生によってよりダメージの少ない手術を受け、母は術後二週間足らずで退院が決まった。肝臓の手術としては最短記録という話も看護師さんから聞いた。褒め言葉だったかもしれないが、もともと体が強健な母だからの快挙だと誇らしく思った。

母は女学校の時陸上をやっていた。一度だけ、学区内の運動会で年代別リレーに出たことがあった。たぶん、心臓が大丈夫で手術にも十分耐えられると思って、私はJ先生に言った。「母は昔陸上をやっていました」と、J先生は「それはよいことを聞いた」というふうな笑顔を向けられた。

J先生の外来は金曜日だった。退院した母は二週間に一回、私が付き添い通院した。二度目の手術を乗り越えたばかりの比較的穏やかな時期の通院である。私と母は帰りには病院近くのうどん屋で昼食をとった。母はいつもしっぽくうどんを注文した。調子の良い日は巻き寿司も頼み、二人で分け合って食べた。母の体調や心の状態は巻き寿司を注文するかでわかった。でも本当は、そんなに食欲はなく、一緒に食事をするのが嬉しく、ささやかなお礼のつもりだったかもしれない。また、私を早く帰さないといけないと思い、行きも帰りもタクシーを使ってくれた。

八月三日、退院後初めて血液検査をする。八月十日、一部検査結果が出ているので聞きに行き、残りは八月十七日に行った。

八月十九日にＣＴを外部で撮り、八月二十日病院へ見せに行った。

九月に入って、十四日にまた血液検査をした。

主治医の先生は血液検査の結果を家族に説明するとき、ＣＥＡという項目の指数を言われる。私は大変興味あることだったので自分で調べてみた。

癌《がん》の組織が崩れたときに血液中に出る物質のことを腫瘍マーカーと言い、例えば、大腸癌だとＣＥＡ、肝臓癌《がん》はＡＦＰ、膵臓癌《がん》はＣＡ十九－九、卵巣癌《がん》はＣＡ一二五となっていた。母のように結腸癌《がん》から肝臓に転移していてもＪ先生はＣＥＡをマークされていた。このＣＥＡが上がっていると、どこかに転移しているのではないかと疑われ、ＣＴを撮る。また定期的な検査のときも撮っていた。

母の場合、癌《がん》が見つかった時点でかなり進行している状態だったにもかかわらず、運良く生き延びられた。少し欲が出てきた。当時の民間療法の情報を調べてみた。霊芝というのを飲んでみることにした。外に免疫療法という治療法もある。

当時、知れ渡っていたのが日本医科大学の丸山千里先生が作られた丸山ワクチン。最悪の事態のことを考えるなら、今で言うターミナルケアのことも念頭に入れておかなければならないと思った。丸山ワクチンは終末期の疼痛も緩和されるとあった。難しいことに思われたのは、日本医科大学へ一度は行って診察を受けることと注射をもらい受けに行かなければならないこと、でも私は始めたいと思った。大学病院の先生に提案などできるものだろうか。今のようにセカンドオピニオンという制度もなかった。一方通行の医療で、主治医の先生の機嫌をそこねないように従うのが当たり前のような雰囲気であった。ましてや一番プライドの高そうな所で医療を受けていた。

私は診察日に頃合いを見てお願いしてみようと思った。

検査結果が出た。先生はＣＥＡの数値に思案されている。私はさしでがましいと思われるかもしれないが言ってみた。

「免疫療法は考えられませんか？」

素人が治療に介入してきたことが意外だったのか、Ｊ先生は興味ある反応をされた。私は言いたいことを早く言わなければと意を決して、

「丸山ワクチンはどうでしょうか？」と

「丸山ワクチンは認可されていないのでダメです」

先生の答えは早かった。

# 家族

丸山ワクチンを却下されたＪ先生は外の方法を考えてくださった。どういったものかは知らされていなかったが、処方箋を書いてもらい知り合いの医者に定期的に注射してもらえるようになった。しかし、この免疫療法らしきものをＪ先生は評価されていなかったように思えた。私のたっての希望に添うためにやっていただいたかのようでもあった。本人にとっても良い治療を行っていると思うと、免疫力も高まり、効果があると聞いたりもしていたので、Ｊ先生にとってはその程度の期待だったかもしれない。

母が病院でもらう薬の処方箋については、いつも「５ＦＵ」という薬の名前が記されていた。それともう一種類には、読み取れない字のものがあった。後に気づいたものに「ピシバニール」というのがあった。母が亡くなってからずっと後の新聞記事で、ピシバニールは見直しの必要があるとあった。効かなかったということか。

また母の肝臓に新たな癌《がん》が見つかった。二回目の手術から九ヶ月が経ってい た。当人にすれば承服できないことだったと思う。一人にすれば泣いていたか もしれないが、私には涙も見せず、世をはかなんだりするような言葉もなく、 ただ、悔しくてしかたがないというふうな感じであった。周りの者にとっては 一緒に病と闘うという姿勢が見られ、私にしても頑張りがいのある人であった。

昭和六十年三月、再び肝臓に癌《がん》が発見されたので入院した。私は主治医のJ 先生に全幅の信頼をおいていたからか、このころの記憶が少ない。そんななか でやはり、強く心に残っているのは人との出会いであった。

手術前、病院側も二度目の入院ということで、母への心情を配慮していただ いたのか三人部屋であった。二度目ともなると、前回みたいな井戸端会議よろ しく盛り上がるというのは少し辛くなると思った。

看護師長さんの仕事というのは多岐にわたる。知らなかったが患者同士の組 み合わせを考えた部屋の割り振りがあった。

S師長は前回もお世話になった人で、細やかな気配りのできる人。一度同じ外科の外来で、親戚の女性に付き添って来られたときに出会ったことがあった。大学病院は診察までの待ち時間は長い。廊下の長椅子で同じ時間を過ごした。

私は師長さんのような立場の人に一度聞いてみたかったことがあった。今なら聞けるような気がして思いきって言った。

「師長さんだったら、この病気に気づかれたらどこの病院でお世話になられますか?」この病気というのは癌《がん》のことである。いくら私服の師長さんが親しみやすく見えたからといって調子に乗りすぎていたのかもしれないが、親戚の女の人を連れてきてあげている師長さんが何とも優しい人に見え、私の甘えも受けてくださると思った。

「私もこの病院で診てもらいますが、手術はこの病院の先生が出向いてられる他の病院で受け、そこでお世話になります」というような返事をされた。後輩の看護師さんたちに気を遣わせたくないのか、真意のほどはわからないがこの病院を信頼されていることはよくわかった。さらに、私は理想的な医療機関のかかり方か、それとも師長さんの立場だからなのか聞きたかったが、立ち入りすぎているなと思ったのでやめた。

たくさんの患者さんを見てこられた師長さん。付き添いの者がひどく疲れているると、替わってくれそうな家族の者にご自身から頼まれたこともあった。長年勤められていても、一人一人の病気のつらさに麻痺されることなく、いつも同情的な対応をされていた。

三人部屋では、入り口から入って右側に縦に二つベッドがあり、左側には横に一つあった。左側の人は重篤な男性患者さんで、医療器材が持ち込まれたりするので広いスペースになっていた。母は右側の奥の方。窓側であった。

隣の患者さんは物静かな女性で昼間からカーテンを引かれていることが多かった。ご主人だけがしょっちゅうお見舞いに見えていて、二人の抑揚のない小さな話し声がわずかに漏れ聞こえてくるくらいであった。私はあのカーテンは近寄りがたいものではなく、ご主人によるいたわりのガードのように思われた。

それでも母には身の上話をされ、乳癌《がん》だと言われた。今は放射線で治療しているが、手術できるようになれば、というような決まっていない話であった。身につまされたのは、ご自身で乳癌《がん》ではないかと疑われていたのに医者に行かれなかったという。息子さんが浪人生で一つ下の娘さんも受験生ということで、なんとか合格して欲しいという親心から言えなかったらしい。

当時、放射線治療は手術後と聞いていた。ご自分で疑わしいと思われたときに病院へ行かれていたら早期発見ということになっていたかもしれない。このお母さんは子どもたちに精神的な動揺を与えて受験を失敗させたくない。子どもたちの今後、六十年以上もある人生と自分の余生を天秤に掛けられたと思う。自分の不幸は耐えられそうだが、子どもの不幸は辛い。自分の命より大事と大切に育ててきた子どもたちの一生がかかっていると思われたんだと思う。これがこのお母さんの選択なんだ。命を掛けたお母さんの選択なんだ。そうなんだと頷くほかはなかった。

向かい側になる重篤な男の人は肝硬変の人で人工透析も受けてられる心配な人。奥さんがいつも付いていてられて、一日に何度も大きな声で「お父ちゃん」と呼びかける声が聞こえてくる。夕方になると、二十歳過ぎぐらいの娘さん二人が日替わりで「ただいま」と帰ってこられる。今日一日のお父さんのようすなどを話されたり、娘さんの予定などを聞かれたりと、ここは家庭なのである。お父さんがいる。お母さんがいる。この病室が我が家になってしまった。

この病院には付き添いのためのお風呂の日もあるし、食事も作って食べられる台所もある。長い間、お母さんを中心に三人で看病をしてきてここが家庭みたいになってしまったんだと思う。おばさんは洗い髪をふきながら私に「お姉ちゃんもお風呂に入ってきたらどうや」と勧めて下さった。その後、どちらかの娘さんが仕事を辞めるという話をされていた。お父さんの具合が一向に良くならず、辛い決断だったと思う。

受験生の子どもさんのため、自分で見つけた癌《がん》かもしれない病気をひた隠しにしていたお母さん。お父さんの看病のため勤めを辞め、看病に専念する娘さん。私にとって忘れられない人たちであった。

二人の患者さんたちのその後はわからなかったが知りたくなかった。それぞれの家庭の温かな思いやりを考えると、もし悪い結果だったとしたらと思うと知るのが怖かった。

癌《がん》の恐怖は母だけでなく、身近な者へも覆い被さってくる。母が癌《がん》になってから、日々の生活においても自然と目にはいってくるものは病の情報ばかりであった。とりわけ癌《がん》という響きは、手が止まるほどであった。

ある日の朝日新聞の天声人語の欄に私は釘付けになった。入院されている癌《がん》患者の苦しみが綴られていた。「これから先、私の行く所は他の病院でもない。もちろん家でもない。行く処は墓しかない」新聞の上にぽとぽとと涙の粒が落ちていた。

母は三年生きたいと言った。癌《がん》を知ったときである。私は本当のところは三年ではないなと思った。人はこういうときは少なめに言うのではないかと思った。謙虚であれば神さまもささやかな願いを叶えてくれるのではないかという思いもあるのではないかと思った。

私はいつも知ろうとしていた。母が今、どういった精神状態にあるのか。それが知りたいばかりに癌《がん》の闘病記を読んだ。心に残っているのが、ある医師がご自分の子どもさんたちに残されたもの。

勤務先の病院で癌《がん》の再発がわかり、体力のある限り仕事を続け、歩いていこうと身の処し方を決めた。その日の夕刻、不思議な光景を見たという。世の中が光り輝いて見え、自宅のアパートに戻ってから見た妻もまた手を合わせたくなるほど尊く見えたという一節であった。

後の話になるが、私も病気をしたことがあって、良性であったが、頭に腫瘍ができていると先生に告げられた日の帰り、外の景色はいつもと同じであったが、私と景色、私と道行く人々の間に乖離するものがあったように感じた。もう同じ時間の流れで生活することはできない。道行く人がうらやましく、景色さえもよそよそしくしている存在に見えた。私はこういうときはいつも恨めしくなるのである。またそれくらい落ち込まないと人の痛みがわからない人間なのである。

この大学病院には、紹介状を持った患者さんが他府県からもたくさん見え入院もされる。今が最も辛いと耐えている人たちばかり、その中に私は入っていくのである。人の心の機微までわかるにはほど遠く、しかも健康な私である。温度差があり、何気ない言葉にキズつけるのではないかという怖れはいつもあった。またこの病院は医療機関の最前線でもある。時として、命を意識する場面もある。絶えず緊張感を持たなければ失敗する。

いつも母を見舞うため病棟へ行くとき、気持ちを切り替える場所があった。ここから病棟という、手前の廊下へと向こう角を回るとき、私は大きく深呼吸をする。誰にも知られたくない私だけが決めた場所であった。

身近な者が不幸にして病気になると、その人の人生ともリンクして生きることになる。あの時、私は私と母が同じ景色の中にいて同じ方向を見ていると信じたかった。

# みんな生きてきたようにしか生きられない

三度目の手術後の付き添いは家政婦さんにしてもらうことにした。

二度目のとき、付き添って二週間近くになり、母一人でも大丈夫になってきたころ、夫が初めて子ども二人を連れてやってきた。

「いいかげんにしてくれ！」

顔を見たとたんだった。やっぱり随分と我慢していたのだ。

母の看病は他の姉兄には仕事があるので難しく、専業主婦である私だけが動きやすいというのもあった。また、何より母が私を頼ったというのもあったし、私も気がかりでじっとしていられなかった。それと私一人の思いこみかもしれないが、自宅の土地を無償で借りているという負い目もあった。

父のほうにも日ごろから、自分たちに何かあったときには実家の役に立つのが当たり前、という考えがあると私は理解していた。でも自分でも気づいていた。母のことでこんなにものめり込んでいては、私たち夫婦は破綻するかもしれないことを。しかし、母が一番必要としているのは私だと思っていたのでしかたがないのでは、と過ぎ去っていく日々を見過ごしていた。

本当は誰かに止めて欲しかった。そんなとき夫に「いいかげんにしてくれ！」と言われた。私は正直ホッとした。

病院を出て四人で喫茶店に入った。四人ともぎこちなかった。傍らから見れば、小学生の子を連れた夫が、やっと探し当てたばかりの失踪した妻と対面しているような場面にでも見えるのではないかと思った。罪悪感を感じた。それを期に私は帰り支度をした。

この病院には結構たくさんの家政婦さんが出入りしているが、病院側は歓迎していない。なんとか身内で世話できないものかと説得される。初めから家政婦さんにお世話になると決めている人は、手術前の検査期間中にどの人が合うだろうかと物色したりする。いいと思う人がいて、付き添っている患者さんがもうそろそろ必要がなくなってきていると、その家政婦さんに事前に渡りを付けておく。病院内で交渉が成立すると、所属している家政婦協会へ報告して、その会から派遣された家政婦さんとして約束の日時に来てもらうことになる。やはり誰しも人物を知ってからお願いしたいという気持ちがある。

家政婦さんの仕事は二十四時間拘束されていて大変である。身内に代わっての看病であるから、お金を払っているとはいえ、こちらとしてはお願いしている立場のようになってしまいたいへん気を使う相手である。

しかし、どうしたんだろう。私はこのときの家政婦さんの顔も覚えていないのである。エピソードの断片もないのである。

私は母が入院してから、病院へは毎日ほど通っていて、家政婦さんとは毎回逢っている。同室の患者さんや家族の人が話していた表情まで映像として残っているのにである。不思議だ。当然、良い印象も悪い印象もない。三回目の手術後のことがゴソッと抜け落ちているのである。何年か経って、そよ風みたいに何の片鱗も残さず消え去る家政婦さんもかっこいいかもと思った。覚えているのは、昭和六十年三月幾日だったか三度目の肝臓癌《がん》摘出手術のため手術室前まで見送ったこと。

思い起こしてみると、母は九ヶ月ごとに手術している。最初が五十八年九月、次が五十九年六月、三回目が六十年三月、九月と六月と三月、私にとって三の倍数は凶と出た。話は飛躍しすぎるかもしれないが、良くない例えに三日坊主がある。又病気で余命幾ばくもないとき、後三ヶ月、六ヶ月、一年というふうである。三の倍数を持つ期間というのは、現時点から変化が起こる可能性の高い周期なのかもしれない。以後私はこの倍数を忌み嫌うようになった。

不吉な三の倍数に見入られてしまった母であるが、手術後はいつも早い回復をみせ、私だけかもしれないが出直せたみたいな気持ちになった。でも、今度また肝臓に癌《がん》ができたときはもう手術はできないだろうと先生はおっしゃった。

肝臓の血管は人それぞれ違っていて、癌《がん》の部位によっては手術が困難になる場合があるらしい。J先生に付いてられる研修医らしい先生に、母が「また肝臓にできたらどうしよう」と尋ねると、中国人のその若い先生は、「ホーホーハ、ホカニモイクツカアリマスカラダイジョーブデス」と言われた。経験も浅い、そのうえ不自由な日本語を駆使しての答えである。なのにこんなにも心を救ってくれる言葉はなかった。しかも即答である。その柔和な目には静かな自信があった。私はこの中国人の若い医師が将来名医になるだろうと勝手に確信した。

母が入院していた外科病棟では入院当初はたいがい総室に入り、手術後は個室で過ごしその後はまた総室に戻る。手術前と手術後で落差のある患者さんは膵臓癌《がん》の手術を受けた人たちであった。手術前はこんなに健康的な人は病院には場違いなと思われる人が手術後は体力も気力もないというふうで、もう言葉もなくベッドにぐったりとされている。こんなにも手術でダメージを与えるのなら手術も考えものであると思った。膵臓癌《がん》にだけはなりたくないとつくづく思った。

私の出会った患者さんで比較的元気になって退院されていくのが胃と腸の手術をされた方。三回目の入院のとき、二人の八十歳代の老夫人と一緒だった。一人は体重が三十キロ台の腸を手術された方。痩せすぎていて車椅子にも乗れない時期があったというこの人とは術後同室になった。もし、母が入院していなかったら私の日常では接点のない人たちだろうと思う。

老婦人には二人が付き添っていた。古風な感じの装いの秘書にもお嫁さんにも見えそうな人と学生としか見えない孫娘さん。病院の台所では病院食のほかに洋風の食事も作られていたので二人は必要だったのかもしれない。

老婦人が日課のようにされていたのが、たくさんの小瓶に生けられた野の花を前にしての俳画。そして、時々ひげを蓄えた執事風の老紳士がお見舞いに来られ、「奥様いかがでございますか?」といつも同じ挨拶をされる。

この病院へ母が入院してから思い知ったのは、患者になれば、医師や看護師の前ではどの人も寝間着を着た一人の病者。社会的に地位ある人であろうと患者という弱者になってしまうことであった。だが、この老婦人だけは私ごとき者が話しかけてはいけない人に思えた。それに身内の者だけに耳打ちされる老婦人の声を私は一度も聞いたことがなかった。

しかし私は黙って真似したことがあった。お孫さんが病院の中庭で野の花を摘まれ、いつでも摘み立てがおばあさんのベッドに飾られていた。母も朝早くから夕暮れまで緑いっぱいの田畑で仕事をしてきた。私も病院へ緑を持って来ようと思った。そして老婦人の元へも届けた。

花屋さんにある花もうれしいけれど、日頃慣れ親しんできた植物のほうが患者さんは安らぐのではと思った。

一度、近所の人が庭に咲く花を摘んで持ってきてくれたことがあった。その中には母が毎年作っていた百日草があった。

母を花にたとえると百日草だと思う。百日草は母の手の指のように野太い花。夏から晩秋まで咲いているけなげな花。よく見ると、一つの花の中に小さな花がいっぱいある。何年か前、私も種から育てて好きになった。きっと私はいつかこの花が一番身近な花になるような気がする。

いつのころからか実家に百日草の咲かない年はなかった。今も花好きの兄が受け継いでいると思う。もしかして、こぼれ種で咲かせ続けている花があったらいいなあと願っている。今、百日草は母の花となっている。

私はこんなふうにして患者さんからいろんなことを教わった。もう一人の八十歳代で胃の手術をされた老婦人は、身長百六十センチ以上ある姿勢の良い立派な体格の方。一人暮らしでキャリアウーマンであった。入院中は病人の姿であったのでさほどと思わなかったが、退院の日はみんなで驚いた。綺麗なシルエットのワンピースによく似合う長いチェーンのネックレス。まるでシルバー専門のモデルさんのようであった。

人は老いたときも生きてきたようにしか生きてはいけないし、終末期にもまた、生きてきたようにしか臨めないと思う。人はそう簡単には変われない。その人らしい生き方を否定することはできない。その人らしく老いさせてあげたい。その人らしく死なせてあげたい。命の最後まで人格を尊重された人間として接してあげたいが本当はとても難しい。

延命と命の尊厳は生命の尊さに向かい合うという意味で同じことを言っているように感じるかもしれないが、現実は違うことが多い。延命という言葉には患者主導がない。受け身的なものがある。命の尊厳には患者主導で考えるという意味があるように思える。

私は随分前に新聞で尊厳死を望む人たちの会があることを知り、いつか入会しようと今もサイフの中に新聞の切り抜きを入れている。病院というところにいると、延命治療だけはしてほしくないという願いが次第に強くなってくるものである。

何回か入退院をして病気の人たちやその家族の人たちと接していると何かが見えてくる。その当時、私は入院というのはマイナス、負の状態だと思っていた。建設的でもないし、もちろん生産的でもない日常。でも大勢の人生の先輩諸氏たちを見て教えられる。

私はこう考えるようになった。患者は身内の代表となって、大切な身内の者に命を懸けて教える。癌《がん》は日進月歩医学が進んでいるとはいえまだ特効薬はない。遺伝的にリスクの高い癌《がん》もある。身内の代表で癌《がん》になってみんなに警告を与えてくれていると解釈してもよいはず、家族にとっては、負の価値もどのようにすれば良いかが少しは見えてくる。患者の命を懸けた闘いを無駄にすれば犬死になってしまう。母もきっと身内にだけは同じ苦しみを味あわせたくないと願っていたと思う。

# 目が見えないということ

母は三回目の手術以降、知り合いの医者から受けていた注射の治療を止めた。しかし、人伝に聞いた民間療法の霊芝だけは続けていた。

そのころ新たに探し出したのが粉ミルク断食。赤ん坊が飲む粉ミルクを断食の中に取り入れたもので興味を持った。が、その後でよくない噂を聞いたので腰が引けた。本気で検討してみようと思ったのがテレビを通して知ったサトウ式療法。ちょうど父もテレビを見ていて心を動かされたらしい。

サトウ式療法は、大阪は豊中市千里の病院で行われていた。その治療法は、肉親から血液を提供してもらい、それからリンパ球だけを抽出し身内の癌《がん》患者に投与するものであった。患者が今かかっている病院にその血液製剤のパックを持ち込み投与してもらうケースもあり、というのを知ると飛びつきたくなった。前にもリンパ球が癌《がん》細胞を攻撃するというのを聞いたこともあり、行動に移した。

そこは中規模程度の近代的で清潔感のある綺麗な病院だった。女性の事務職員さんの対応も癌《がん》患者の身内を抱える者の心情を察してか親身であった。しかし、問診のような用紙を前にして私は戸惑った。

癌《がん》とはっきり診断されたのは何年何月？　医療機関名は？　この程度はわかる。しかし腺癌《がん》、扁平上皮癌《がん》、小細胞癌《がん》、大細胞癌《がん》、悪性リンパ腫などほとんど聞いたこともない言葉が並んでいた。続いて危険率は？　何期？　今後の見通しは？　私は知らなすぎたのか、さらに詳細な質問もあった。外出は出歩くと疲れる？　車なら外出できる？　腹水は？　お腹が張っている？　お腹がゴロゴロする？　便が出にくい？　質問はカルテに記載されているような内容だと思えた。

私は転院は可能だろうかと考えた。大学病院ではできるだけのことをしてもらった。もうこれ以上、母の体に傷をつけたくないという気持ちがあった。家でみなと相談するということで帰ったが、相談するまでもなく、やはり千里の病院に移るというのは難しい問題がいっぱいあった。

サトウ式療法には血液がいる。何人かの善意ある肉親の血液を長期に渡って確保し続けなければならない。京都から大阪に通うのも大変である。いずれも続けていくことは困難である。母にとって効果あるかどうかもわからない。私一人では背負いきれない冒険である。ふと頭の中に、私は傲慢かもしれないという思いがした。そしたら気弱になった。このような治療法まで踏み込めば怖くなってしまうのではと不安になった。転院の話は主治医の先生に話すことなく終わらせた。またいつも通り大学病院の外来に通った。

何年か後、私は「学生の売血でリンパ球」という見出しの新聞記事を目にした。私の知っていたリンパ球の治療法を社会の規範に反するやりかたで行い、世の人々に知られることになった。売血が法に触れるのか知らないが、この報道には確かに社会的に良しとしないものがあった。

以前、私も魅力を感じたこの治療法。私は踏み込むことができなかった。本当に功を奏するものならば、治療の選択肢の一つになるように望む。しかし、今日血液製剤そのものが、医療の現場で使い過ぎと批判されている。人の善意で支えられているものに対して、使う側の甘えは許されないという思いもある。

六十年の十二月、年の瀬も押し迫ってきた。世の中を見渡せば、例年通りの活況である。年末年始の休暇を前にして、検査結果を聞きに行った。母がいないとき、先生は腫瘍マーカーが上がっている。どこかに転移していそうだと言われた。腎臓の裏側かあるいはリンパ節かに転移しているのではないかと、J先生らしくなく、憶測の域からでていないような話し方だった。そして先生の話はとぎれた。私も母にだけは聞かせたくない話だったので話の続きはできなかった。また、やばいことにならなければいいがと思った。そのときはまだ気づいていなかったが、やはり手術してから九ヶ月目に当たっていた。

帰りに母の妹が事故で入院している病院に寄ることにした。その前に、その病院近くの商店街で買い物をした。歳末大売り出しのくじを引いたら、ペアの一日奈良観光旅行というのを当てた。なにも良いことが舞い込まないような日々を過ごしていて、ラッキーなことに巡り会った。きっと年が明けたら運勢がよくなるのではないか、という明るい希望が見えたような気がした。これが父と母の最後の小旅行となった。

年が明けて、年末に気になる転移の話があったがその後、なぜかJ先生はその話はされなくなっていた。季節は巡ってきていた。母は病気してから三度目の春も迎えられた。夏も過ぎ去ろうとしている。手術を経験した九月と六月と三月は関所のように感じられる月である。やっぱりこの年は九月をただでは通してもらえなかった。前年の十二月に転移の話があってから九ヶ月が経っていた。やはり九ヶ月目である。

外来で入院の予約を告げられた。

九月二日、病院より電話があり、明日九時三十分に入院するよう連絡があった。四度目の入院になる。午前中、子どもが通う小学校で夏休み後、恒例の校庭の草引きがあって私も参加した。その日、一時二十分から注腸の検査予約をしていたので、子どもたちの昼の用意をしておいた。母が来たので十二時前に家を出た。病院に着いて一時間ほど待った。母は検査になって気分が悪くなった。注射液を二回に分けて入れたので腸に空気が入りすぎたのか、来る前に空腹のまま畑仕事をし過ぎたのか、吐き気、目眩、血圧の不安定に頻脈もあった。検査の後、車椅子でトイレに行った。帰るとき、まだ治まらないので内科の外来のソファで休んでいると、親切な看護師さんがベッドで休んだらと勧めてくれた。

タクシーで実家の前まで帰った。母は横になったままの姿で草履と毛布カバーを買っておいてと私に頼んだ。私も今のうちにいろいろしておかなければと考えたりしたが何もできなかった。夜、入院時に出す書類を書き込んだ。

九月三日、九時三十分までに入院手続きなので八時三十分ごろ家を出た。九時ごろ病院に着いた。ベッドの用意ができていなかったのでしばらく待った。父はJ先生のところへ挨拶に行った。主治医がN先生に変わった。人工肛門になる可能性が高いことを聞いた。この日は午後一時三十分に注腸の結果がわかる。

九月四日、十一時ごろタクシーで病院へ行った。鯛とほうれん草の胡麻和えを持って行った。同室の人たちは母と同じ程度の病状のように思われた。エコーと胸部のレントゲンを撮った。

九月五日、泌尿器科へ行った。だんだんと母の病状が深刻なものであると理解していった。

私が病室に入っていくと母は窓側のベッドに、こちらに背を向け斜めかげんに浅く腰を掛け窓の外を見ていた。それでも私に気づくと笑顔で振り向いたが「人工肛門になるかもわからんにゃてぇ、腎臓も悪いみたい」少し伸びてきた髪を一つに束ねたり、たくし上げたりしながら言った。その手は無意識のまま、三つ編みを結い、解いては編み解いては編みしている。私は遠い昔、写真で見た女学校のころの母を思い出した。こんなふうにして髪を結って学校に行っていたんだと、六十五歳のお下げ髪の母に思った。

慰めの言葉は出尽くした。私は何か言わなければと思い「お母さんはみんなの代表でなってしもたんや」と思い切って言ってしまったら「旨いこと言ってくれるなあ」と褒めるような調子で言った。意外であった。いつもいつも母は私を褒めてくれる人であった。こんなときでもこの人は褒めてくれる人なんだと思った。それから現実を受け入れるかのように「目の見えない人よりましやなあ」と言った。目の見えない人と具体的にあげた。母にとって目の見えない人になることがどれだけ辛いことなのかがわかった。私は目の見えない人の困難さに思い至らなかった自分が恥ずかしくもあった。しかし、私は次の年、頭に腫瘍ができているとわかり、右目の視力が徐々におちていき、新聞が読めなくなった。このとき恐怖を覚えた。また、踏切の遮断機が見えなくて頭に当たったこともあった。

私は病院でのお昼ご飯はいつも売店のおにぎりを買って食べていた。たまには、わずかの席しかないが売店で食べることもあった。

いつだったか売店で、診察を終えられたのであろうか、目の不自由な年輩の婦人とご主人らしき人の二人連れと一緒になった。お弁当を広げて坐ってられる。いなり寿司がまだたくさん残っていた。男の人が女の人におあがりと促した。女の人もお父さんからどうぞというふうだ。小さな声だったがわずかに声が聞こえてきた。

男の人「好きなだけおあがり」

女の人「……」

男の人「いいから」

女の人「いくつあります?」

男の人が女の人の指をいなり寿司のほうへと持っていく。女の人は手さぐりで探しながら一個ずつ数えている。それで安心したかのようにそのうちの一個を口にした。男の人は満足そうに女の人を見、前に置かれていた水筒のお茶をキャップに注ぎ勧めた。

私は斜め向かいのテーブルに坐っていたがこの二人の光景に釘付けになっていた。おにぎりは口の中に入ったままだった。私は聞き漏らすまいと聞き耳を立てていた。やっと女の人がいなり寿司を口にすると、私もおにぎりを食べてもいいよと言われた気になった。涙とともに塩辛い味のおにぎりを飲み込んだ。

人の話をかってに聞いて泣いていた私。男の人が老妻にやさしいというのに涙腺がゆるむのかと自分発見であった。うつくしいものを見た気がした。

# 思い切ってごそっと取っておくれやす

九月六日（土）　今日で八人から輸血の申し出があった。J先生から言われていた十人にはならなかった。もう日がない。

九月七日（日）　使える血液か検査してもらった。N先生より母は腎臓も尿管も悪かったと聞く。また、九日の日に新たな検査結果が出るので、その日に家族の人に手術の話がしたいと言われた。

九月九日（火）「今日は大学病院の先生と母の命について渡り合う日や」目が覚めると気の重い現実があった。四度目の今度ばっかりは今までとは違う。子どもたちが学校へ行けば、父が私を迎えに来るはずである。約束の時間より少し遅れて父らしい車の音がした。きっといつものように仏壇や神棚を拝み倒してきたのだろう。それに男手だけの身支度。父の足音がだんだんと家に近づいてくる気配は、外から早く早くと催促をされているようだ。急いで支度をして車に乗り込んだ。まだ朝のラッシュの時間帯であった。父は年取ってから車の免許を取った。正直言って乗せてもらうのは不安だ。事実、前に乗せてもらったとき「ガッガッガー」と擦れたような音がしたので、私が「なに、今の」と聞くと、父が言ったのは「だんない、だんない」だった。でも父は短気である。短気な人が冷静を装って運転しているという感じである。私としては年のわりには運動神経がよいのだのと煽てたり、わざとにこやかにしていたりして無事早く着くことを祈っていた。

やっと病院の前まで来たが満車とある。大学病院の駐車場はいつも満車で駐車するところを見つけるのに苦労する。でもこの日は他ならぬ先生との大事な話がある。約束の時間は決まっている。父は時間がないものだから、前の車が出にくいとわかっていても迷惑を承知で強引に止めてしまった。『武士の情け、御免』とメモ用紙に書き、前の車のフロントガラスに載せワイパーで止めた。そして自分たちの行き先を付け加え院内へと急いだ。

しばらくすると、やはりメモを見て我々のところを訪ねてこられた人があった。平謝りに謝ったところ、父より少し若いその男性は「相身互いでございます」と言われた。父の武士の情け、御免に対して、相身互いでございますと答えて下さった。

物静かな態度であったその男性も、私たちと同じくらい張り詰めたものを持ってられるように感じた。私はすぐに父から車のキーを受け取り、その男性の後を足早で追っかけるように付いていった。

途中、奥さんも癌《がん》であること。乳癌《がん》の手術をされたが予後が悪いことなどを苦渋に満ちた横顔で話された。近道なのか、人ひとり通るのがやっとのしかも病院の職員しか知らないような入り組んだところだった。きっと、この男性は奥さんのために何度もこの病院に通われ、時には、一刻も早く病室に向かいたいため、このような順路を見つけられたのだと思った。私はこの男性が曲がり角を曲がるたびに見失うのではないかと気がかりであったが、いつの間にか抜け道を通り過ぎていて駐車場に出ていた。

婦人は車の助手席で待ってられた。背筋の伸びた華奢な体つきの人であった。その後ろ姿には人を寄せ付けないような空気がガラス越しからも感じ取れた。婦人は前を見据えたままなのか微動だにされず、一度もこちらを振り向かれることはなかった。私はここにも私たちと同じ時間を過ごしている人たちがいて、自分たちの苦しみとダブらせて見ていた。が、急に自分たちの身勝手な行動が恥ずかしくてならなくなった。いたたまれず、その場から立ち去るとき、ふと見た視線の先にお地蔵さんがあった。千羽鶴で埋もれるようだった。

その後、戻った病院内の会議室。J先生が一人出て行かれるところだった。父に尋ねると「思い切ってごそっと取っておくれやすと言うといた」と言った。父の言いたかったのはそれだけだった。私は話が終わっていて内心ホッとした。手術の話は私の理解を越えているのに、私の無知な一言で、母の命が不利になるようなことになっては怖いと思っていたからである。でも、少しは緊迫した話し合いになるのかと想像していたが意外であった。しかし、今度こそ転移のないようにと思えば、ごそっと取って欲しいと思うのも理解できた。年齢的にも体力的にも最後のチャンスと考えたのだろう。

九月十一日（木）　泌尿器科で管を一本入れてもらった。すごく痛かったので、二本のところを一本にしてもらったと母は言った。私の想像だが、尿管が詰まっているとN先生はおっしゃっていたので、そういう処置が必要だったんだと思った。

九月十二日（金）　ポケットテレビを持って行った。この一週間で随分と予定が変わった。泌尿器科では、右の腎臓がまるっきりだめで左も機能が低下していることがわかった。それでもどこかわからないが、もう少し詳しく検査する必要が出てきたので、手術が来週また来週というふうに延びた。しかし、私たちには本当のところはわからない。泌尿器科のM先生も聞かされていなかったらしい。他に何か不都合なことでもあるのだろうか。母は十三日と十四日の土日は家に帰らせてもらうと言っていた。

九月十五日（月）　敬老の日、姑が来ていたので、この日は初めて病院へ行かなかった。

九月十六日（火）　四日ぶりに病院へ行った。ひとりの人の血液が不適合とわかり電話で知らせた。輸血で使える血液は八人になった。大勢の人の血液がいるこの手術、私には心に引っかかるものがあった。

昭和六十年十二月暮れ、腫瘍マーカーのCEAが上がっているといわれていたころ、J先生は考えられるのは腎臓の裏、あるいはリンパ節に転移しているのではないかと言われていた。考えてみると、やっぱりと思った。どうして、J先生は原因を調べてみようとされなかったのかわからない。私には心残りであった。

この日、機能が低下している左の腎臓の尿管の代わりとなるような管を通された。

すると、茶色の尿が出て胃のあたりの圧迫感がとれた。母は管を入れてもらって良かったといった。入院前、注腸の検査の時しんどくなったのはこのせいかもしれない。しかし、九月十一日に入れたという管はなんだったのだろう。

九月二十二日（月）手術前の薬が出された。腸内細菌用の抗生物質として水薬とカナマイシン、アイロゾン、他。

九月二十三日（火）母は手術の三日前より流動食で、その都度、下剤を服用するのでトイレばかり行っていた。この日、母は腸の手術をする前あたりから、子宮のあたりが引っ張られる感じがよくしていたと話した。

九月二十五日木曜日　手術日、輸血用の血を採ってもらったが、私一人、時間がかかった。血の流れが穏やかからしい。

採血の後、廊下の長椅子でひたすら待った。病院から渡された手術前のプリントには、手術の所要時間は六時間かかると記されていた。家族には十五時間であると知らされていた。母は午前八時三十分に病室を出た。実際、十五時間もみんなを引き留めることはできない。それぞれが帰って行き、父と私の二人になった。夜遅くなって、Ｊ先生と記憶しているが、手術が終わり、切り取られたものを見せるということで、父と二人、標本が置いてあるような部屋へ案内してもらった。

かなり大きな塊だった。ずっしりと重そうな肉片である。記憶しているのは膀胱と腎臓（右がだめで左が六〇パーセントだめ）と子宮の全部、あと腸と膣と肛門のそれぞれ一部であった。みんな繋がっていた。膣にできたものだけでもソフトボール大あった。腸には肌色の茸のようなものができていた。父の言ったように本当にごそっと取られた感じであった。母の下腹部はえぐられるようにへコんでいるのであろうか。

勧められて面会に行った。集中治療室に移されていた。帽子もエプロンもして、靴も履き替え、数滴の薬で手をこすり消毒した。明るい部屋である。ベッドがいくつか並んでいる。広くて円いスペース、中央にナースステーションがあり、そこからすべてが見渡せるようになっている。とにかく明るい。ベッドも高く、いろいろな機能が付いていて、それらから母の体とが管で繋がっている。頭の辺は透明の覆いもされているので、私はなにもしてやることができず側から眺めているだけであった。それでも呼びかけると、私の言うことがわかり、喉が痛いと手で訴えていた。私はこの部屋が宇宙ステーションのように思えた。

母の手術が八時三十分から十時三十分まで十四時間かかった。疲れたが外科の先生のタフさと人の臓器を切りきざむ、普通の人なら正視できないような仕事というのに厳しいものを感じた。これがこの人たちの日常というのにである。

人の気配も感じられなくなった病棟内、どこからかJ先生を呼んでいるような声がした。その声は「先生、食事」と誘っていた。遠くのほうの薄暗い廊下の先を白衣を着た男の人が横切っていく。私は、この後J先生たちは食事か、きついなと思った。

# 本当に助けてくれるのは、心あるプロ

九月二十六日金曜日　秋口にもなると、病院の廊下の長椅子は足下から冷えてくる。母の手術で長時間待機していた私は、冷えも原因か知れないが膀胱炎になった。それで、朝一番にかかりつけの先生のところへ薬をもらいに行った。病院へは一日三回ある面会のうち十一時と三時に集中治療室にいる母に会いに行った。私ひとりだった。話が少しできた。かすれたような声でうがいがしたいと何度もいった。私は勝手にさせることができないので看護師さんに頼んでみると言うと「いじわるでさせてくれない」と言った。その声からしてそうとう喉がカラカラだと思った。

術後は水が飲みたいものである。私も高校一年の秋に盲腸になり、手術後は絶対水を飲んではいけないと言われていたのに、我慢できなくて勝手に水を飲んだ。ちょうど枕元のすぐ横に水道があり、蛇口からガフガブ水を飲んだ。おかげで一晩中苦しんだ。

母のたっての頼みだったがこればっかりは看護師さんにお任せするよりほかない。このことで私が少し安心したのは母が「看護師さんがいじわるでうがいをさせてくれない」と言ったこと。我が儘なのかもしれないが自分の思いを表現したことは良かったと思った。わずかな面会時間であったがしっかりしていると確認でき安心して別れられた。

九月二十七日（土）夕方五時、病棟内で知り合い、母の介護をお願いしていた家政婦さんに来てもらった。しかし、私は母が集中治療室を出た日を覚えていない。もうこの日には、母は集中治療室から個室に戻っていて、この日から家政婦さんにお願いしたのか定かではなかったが、個室に戻った一日目は私が付き添ったと思う。母が重い患者だったので、一日目は家族の人にお願いしたいと家政婦さんに頼まれた記憶があったからだ。私は家政婦のIさんとはいつどこで逢ってもわかると思う。母とも年齢が近かったIさん。今でも目の前に人なつっこく笑っている顔が浮かぶ。家政婦さんになる前は芳しくない噂の絶えない病院の老年科病棟で准看護師をしていたという。Iさんは「あの病院は死に化粧がうまい」と、ドキッとするようなことを言った。さらに、その病院の歯科で治療を受け、抜歯の際使われた麻酔薬で髪が抜け、薄毛になったと言った。だから嫌気がさしてその病院を辞めたのかもしれない。しかし、Iさんは自分は他の家政婦さんとは違う准看護師であったというプライドを持っていた。Iさんは苦労人であった。亡くなられたご主人に代わって一家を支えてきた。Iさんのあの笑顔は勝ち気な人が逆境に負けまいとして作る笑顔のように思われた。私はそのIさんに初日から抗議を受けた。

私は事前にIさんには母の付き添いをお願いしておいた。それにIさんも了解していた。Iさんの言い分は前日にもう一度確認の連絡をしてほしかったということだった。引き受けるからにはそれなりの準備をしなければならない。頼む側の礼儀であろう。私はうっかりしていた。

九月二十九日（月）　手術五日目、この日には、母は確かに個室にいた。私が気になっていたことは目が曇っていること。死人の目のように思われた。別に私は死んだ人の目を見たことがあるわけではないが、古い魚の目から想像して思った。

母は私に奇妙な体験を話してくれた。「こないだの晩、寝てたらベッドの横に外人が何人も来て寝させてくれと言うんや、こんな狭いとこやで、けったいなこと言うてくるやろ」と、困ったような顔をした。母に幻覚症状が出ていた。中枢神経用薬剤のせいだ。目の曇りはどうなんだろう。きっと長時間の手術のせいだと思う。いつの時点であったか記憶にないが、ストレッチャーで移動する母は鉄板のようなものの上に寝かせられていた。本人は寒い寒いを連発していた。魚が常温で放置すると腐敗するように人間も長時間の手術をするときは低体温にして施術されるのかもしれないと思った。

熱が二時の検温の時三十八度六分あった。その時点で解熱剤を飲んだ。痛み止めの薬は一日に三回までしてくれる。夜はよく眠っているのかわからないが昼間はほとんど起きていた。夢現という感じでうがいばかりしたがる。それも二十分もしないうちにうがいがしたいとよく言っていた。本人が氷水がいいからというので使っていたからよほどのことだったんだと思う。

母の体は手術後、便と尿のでるところとしてお腹に二カ所穴が開けられていた。左側が便で右側が尿の穴だった。それぞれにストマーというナイロン製の器具を取り付けていた。そのストマーにはお腹よりも一回り大きい穴が開けられていて、穴を中心としたドーナツ型の接着面をお腹に貼り付けるのであった。便のほうは長い袋になっていてその中に便がたまった。尿のほうは直径十数センチほどの円形に近かったと思うが、その一部にベッド横に取り付けられた、尿を貯めるパックの管を差し込むところがあり、連結して使うようになっていた。

術後は便も下痢がちでストマーが剥がれることがあった。ときには、おへその下にある手術跡に便が流れ込み、こんな不潔なことがあっていいものかと驚いたことがあった。もちろん抗生剤は点滴の中に入っていたがその後で高熱が出た。下痢便が傷口に入ったからなのかはわからないが、便に関しては清潔面でとても気がかりであった。しかし、便のほうは常時出てるわけではないのでまだ扱いやすく、看護師さんもIさんも手こずってられたのは尿のほうだった。点滴を四六時中しているものだからしょっちゅう尿が出ている。ストマーが持たなくて接着面の一部がはがれ新しいものに貼り替えることになる。でもこれがなかなかうまくいかない。尿の出ない隙を見て貼るのであるが、その際、ひとすじでも尿が流れ出るともうその部分はくっつかなくて使い物にならないのである。手順としては貼り付ける部分を清潔にして、乾燥もさせ、ストマーの接着面の紙をはがしていっきに貼るのである。たまたま苦手な人たちだったのか、二人の看護師さんが失敗した。そこへこの人ならと看護師長さんが連れてきたのが、母が入院した初日に、この人は怖い看護師さんだと思った人。でも、このひとの仕事は速かった。なんなく済んでしまった。母は尊敬の眼差しだった。

入院初日、この看護師さんは昼食後の薬をかごに入れて各病室を回っていた。母のぶんがなかったので、私は忘れられているかもしれないと思い「ありますか?」と尋ねた。その人は振り向きざま私を睨みつけ、私のすることに間違いはあるか?と言いたげであった。その態度は挑発的ですらあった。その後も、こんなことがあった。母が痔を患っていると言うと、そのひとは帰り際に「座薬ほりこんどいたろか?」と言った。私は看護師さんにはそぐわない言葉遣いに唖然とした。母ならこの人のざっくばらんさとは通じるところがあるかもしれないけど、私は怖いと思った。この人が病室に入ってくるときっとドキドキするのがわかるから、この先気が重いと思った。しかし、この人が助けてくれたのである。尿のストマーを貼り替えてくれたのである。今後もこの人のお世話にならなければならない。手術前、同室の人が言っていた。あの人は器用だから外科病棟に引き抜かれたというのを。その人は肌が浅黒くて化粧気もなく、どこか野生的で活気に満ちていて、病棟内をまっしぐらに歩く人であった。

私は数年前、福祉関係の就職セミナーに参加したことがあった。車椅子に乗った障害者の人が講師で、介護される側からの本音を語る講演であった。会場には就職活動をしている若い人が多かった。最後のあたりになって、介護は日々トイレの世話ばかりと言われた。その講師の先生もトイレの介助をしてもらうという。つまりお尻を拭いてもらっていると言った。そして会場のみんなに質問した。もしあなたたちが私と同じ立場で排便の時お尻を拭いてもらうなら、どっちの人がよいかという問いかけであった。ひとりはいつも笑顔で接してくれるがお尻を拭くのがあまりうまくない人、もうひとりの人は無愛想だがお尻を拭くのが上手な人。

私は最初の人に手を挙げようとしたが、私も母と同じく痔を患い不快な思いをしていたので手を挙げなかった。だが、会場の若い人たちはほとんど手を挙げた。ふたりめの人がいいと手を挙げたのは私を含めてわずかであった。なんだか恥ずかしくなった。こういう問題は間違ってはいけないものだと思った。非常識な人間として自信をなくしてしまうのでは、と危惧した。

# 空回り

次の日、病院へ行くと母は怒っていた。痛み止めの薬のせいで現実感がないのであった。私の顔を見るなり「おばさんはなあ、体をきれいに拭いてくれはってようしてくれはったえ!」と強い口調で言うのであった。おまえはどこで何してたんや、というふうである。私は責められたことが心外で自然に涙が出てきた。でも看病する者が泣くなんてみっともないから部屋を飛び出した。その後、何でもないような顔をして部屋に戻ったら母は私の顔を見て見破った。そしてオロオロしだした。悲しそうな顔にもなった。私は間違っていた。辛いのは母なのに本気で受け止めるなんて、それより、よくしてくれる家政婦さんに巡り会ったことを良かったと思わなければと考えるべきであった。

さすがに元准看護師さんだけにIさんはストマーの貼り替えも慣れてこられ、看護全般においても安心してまかせられる人だった。小柄なIさんはよく動き回った。

母の看病は洗濯物も多く、医療処置も頻繁だったので忙しかった。それで、私はIさんと交代する時間を作った。私は毎日、朝十一時までには病院に着き、帰りは三時過ぎぐらいには病院を出た。その間、Iさんに休憩をとってもらった。でもIさんの姿はどこかで見られた。私は買い物するにも不自由だろうと思ってよく差し入れをした。一度、真鯛を二枚におろして塩焼きしたものを持って行ったら、Iさんは「うち、魚屋や」と言った。Iさんのご主人が魚屋さんだったのかは知らないが、同居している娘さん夫婦が商売をしていると教えてくれた。Iさんは今度うちのんも持ってきてあげるわ、と言って娘さんに持ってこさせた。刺身が四人前ぐらいあった。切れない包丁でさばいた私は恥ずかしかった。

Iさんが休憩の時、主治医のN先生は母に鎖骨下から中心静脈に向かってカテーテルを挿入する処置をしにこられた。このカテーテルは固定されたチューブなので薬剤や栄養分などを注入し、採血もおこなえるのでその都度、血管に針をささなくていいらしい。母は、栄養分を補給する必要があったのかわからないが、側にいた私もなぜか手伝うことになった。白いナイロンのカッパのようなものが母の首の回りに掛けられた。髪をカットするときみたいだと思ったが、準備が進むと簡単な手術がおこなわれるみたいになった。私は目の前の光景から目をそらした。母の喉元近くが切られるような映像が頭に浮かび見てられなかった。私は私に指示されたことだけをしていたが何を手伝っていたのか覚えていない。ただ、そのときの姿勢が辛く、ものすごく長時間に感じた。たとえ辛い姿勢でなくともベッドの側から患者に介助なり、医療を施すというのは大変しにくいことだと思った。母の受けた十四時間の手術など想像もできなかった。

この日、私は朝から胃の調子が悪く、立ってられなくなってきた。辛そうにしていたら、処置は途中であったが、N先生はいいですよと言われた。その物言いは、こんなとき看護師以外立ち会わせないものを、先生も「間違ったな」みたいな顔をされた。私も役に立たず早く部屋を出ておけばよかったと思った。空回りばかりの私であった。

やはり、四回目の今回の手術は大手術だったので、Iさんのような気丈で介護に手慣れた人のお世話にならなければ乗り切れなかったと思う。事実、原因不明の高熱が出たり、便か尿のどちらかのトラブルが続きにあったりと、安定を見るまでに日数を要した。だから同室だった人たちのことはあまり知らず、母のことだけしか見ていなかった。そんな何日間であった。がそれでも総室に戻ると、同室だった人たちのその後を知ることになった。

滋賀県で、一家で畜産をしている人がいた。大学生ぐらいの娘さんが見えていたので母よりだいぶ若かったと思う。色が白くてぽっちゃりとしていて、私は昔よく読んだことのあった雑誌『明るい農村』という本の中に出てきそうな人だと思った。健康的で恥じらいのある笑顔、私は年長者だったその人になぜかういういしさを感じた。パジャマを着てられなかったら、患者の誰もがうらやむような人であった。だからか、検査の結果、先生から帰ってもよいように言われたらしい。私はやっぱりと思った。あんな健康的な人が悪いわけがない。運悪く検査に引っかかっただけだと思った。ところが手術されることになり、意外であった。

この方は長い間胃炎だと思い、自宅近くの医院に通院していた。大学病院入院後は背中が痛むということで毎晩うつぶせに寝ていたと言ってられた。手術前は、仕事の合間をぬってよく病室に来られていたご主人。その日焼けした笑顔は温かく、奥さんに本当に逢いたくて逢いに来られているという感じであった。手術後は娘さんともどもしんみりとした感じで奥さんを見守ってられた。私はうさぎのぬいぐるみを持ってお見舞いに伺った。退院後、その方は放射線治療に通われていた。一度、普段は見ることのできなかった売店の奥の放射線科に、ストレッチャーで通られるのを遠方より見かけたことがあった。膵臓癌《がん》だった。

もうひとり忘れられない人がいた。七十歳ぐらいのでっぷりとした婦人だった。母より先に入院してられた。この方もどこが悪いのかと思った人であった。ベレー帽を被ったご主人がよく見えていた。喫茶店をしてられるとか、たぶん、ベレー帽のご主人がマスターのようである。このご主人にとって奥さんは仕事上もなくてはならないパートナーのようだった。婦人は、よくベッドの横の椅子に座り伝票の整理をしてられた。パジャマではなかったのでお見舞いの家族のようだった。大学病院の外科病棟で仕事を持ち込んだ人を見たのは初めてだった。ご主人とは夫唱婦随とは言い難い感じの二人で、このご主人も奥さんに会いたいがために来られている感じで、奥さんを本当に頼りにされていた。でも、手術後、何日かして亡くなられた。外科病棟で手術後亡くなられるというのを私は今まで聞いたことがなかった。術後悪かったときに主治医の先生は学会だったか、出張で看てもらえない日があったらしい。こういったとき、患者は本当に困る。病院内の連携がうまくいっていることを祈るばかりであるが、実際はどうであったのだろうか。先生同士、遠慮があったのではないだろうか。ご主人は、妻が毎晩枕元に出てきて、先生を恨むと言うとおっしゃった。いつもなら、本当なら怖いということもあって信じないようにしている私だが、このときばかりは本当の話のように思われた。奥さんの強い思いがご主人に伝わったのだと感じた。手術直前まで家業の仕事を病室内でしてられた。二週間ほど前までは、普段着のその人は私たちのつい側にいて、普通に話をしていた。その方が亡くなった。いつまでも受け止められなかった。この人も膵臓癌《がん》だった。ご主人は立ち直れるのだろうかと思った。

私はこの二人の婦人に後になってからであるが、私の想像を遥かに越えた強さを感じた。自分の辛さを押し殺し、表情だけでは推し量れない人たちのいることを私は見抜けなかった。

母の手術から一月ぐらいたつと、Ｉさんの疲れもピークに達してきた。Ｓ師長さんに相談されたのか知らないが、師長さんは私に一晩でも代わってあげられないか、と話しかけてこられた。私は自分も疲れてはいたが、変わってあげられないこともなかった。が夫にはとうてい言えないと思った。これまで家族には我慢してもらってばかりいたからであった。夫はいつもは子どもたちを義母に頼んできた。私もこれ以上できないので師長さんに断った。Ｉさんは自分から代わってと言わない人であった。

十月の末ぐらいになると、外泊の話がでるようになった。私が一晩実家へ泊まりに行くということで決まった。夕方、暗くなってから、風呂敷に包んだ布団を担いで、自転車で十五分ほどの道を歩いて行った。そして十一月六日に退院した。Ｉさんは病院裏手に止めてあった車のところまで母を車椅子に乗せて送ってくれた。達成感もあってか、いつになくさわやかな笑顔であった。私も笑顔で別れられるのが嬉しかった。荷物は七日の日に取りに行った。

数日後、私は大学病院内の待合室にいた。

# 脳神経外科病棟

十一月上旬、私は母の退院を待って大学病院の婦人科を受診した。別に外の病院でもよかったのだが、毎日通っていたので自然と足が向いた。でも、ちょっと大層にし過ぎかなと思ったが母のように近くの診療所での誤診で無駄な時間を取りたくなかった。大学病院へ来さえすればはっきりする。そんなふうに思っていた時期であった。

私は今まで、母に付いて大学病院のいろんな科に付き添ったが、婦人科は一番長く待たされるところであった。あまり長いのであきれてしまったころ、私の名前が呼ばれた。中待合いの長椅子に座っていたら、先生の話が聞こえてきた。私の前の患者さんに話しておられるのである。癌《がん》という言葉が耳に入った。はっきりと聞き取れた。ついで、説明がなされている。話の漏れる診察室であった。気まずい空気を感じながら重苦しい気分で待っていたら、私の名前が呼ばれた。私は入ってよいものか迷った。がモタモタしていても、後ろはつかえているのでカーテンを越えていくと、女の人が先生の前に座っていた。何か質問したそうにしているが、言葉にならない。言葉にならないままの状態で食い下がっているという感じであった。看護師さんがその女の人に外の椅子を勧めると、先生もしばらくはそこに座ってていいですから、というふうな目くばせをされた。

私はのっけからすごい現場に出くわしたと思った。あれだけはっきりと検査結果を癌《がん》ですと本人に言われたのは、治癒率が高い初期なのだからと思った。そしたら、自分のことも少し安心し、率直でいい先生だと思った。患者と一緒になって闘ってくれる先生に思えた。診察を終えて帰るときには、ついさっき設けられた補助席に女性の姿はもうなかった。私はとりあえず薬を飲むことになった。

二回目のとき、まだその時点でどこが悪くて何の病名かもわからなかった。なにかの参考になればと思って、以前近くの医院で血液検査をしたら白血球が減少していると指摘されたと話した。先生はそれではと思い当たる節があったのかホルモンの検査をされた。その結果、脳神経外科を受診するよう指示された。脳神経外科と聞いてちょっとビビッた。私は今まで母に付き添い大学病院のいろんな科をみてきたが、脳神経外科だけは行きたくないと思っていたのだった。

いつも入院している母に会いに行くとき、その病棟は一階の左手にあった。第一外科に行く私はその入り口近くでエレベーターが来るまで左方向を眺めていた。私の知っている外の病棟はみんな見渡せるのだが、そこだけはバタンと押し開ける戸があった。だから外からは見えない。なぜ、脳神経外科だけ閉ざされているのか？その奥はどうなっているのだろうか。わからないだけに不可解で怖かった。

脳神経外科の外来では先生の指示で院内でＣＴを撮った。次の週、結果を聞きに行ったら、先生は「ほら、ここに見つけた」という感じでＣＴを指さされた。ちょうと頭の真ん中に当たっていた。二センチぐらいだったか、縦長の楕円のようなものが白く写っていた。私の心の動揺をよそに先生は緊張感も威厳もなく「ほら、ここに」とおっしゃった。先生には深刻さは微塵もなかった。むしろ病気を見つけてあげたという気持ちのほうが強かったみたいだった。もともとざっくばらんに話される方で、この程度でよかったね、ということだったのか「良性の腫瘍だからね」と安心させるようなことも付け加えられた。だけど私にすれば、良性であっても大ショックであった。その後、入院手続のことなど、これからのことを説明してくれた看護師さんの気の毒な、というふうな対応とは対照的であった。ところで同情されていると感じた途端、気弱になってしまった。このとき初めてひとりで来るのではなかったと思った。かといって誰も付いてきてくれる者はなかったが、張り詰めた緊張がプツンと切れてヘナヘナとなりそうだった。

例の外科病棟へは通い慣れた順路であった。病院慣れしていた私は広い院内をさっさと目的地に着けることに戸惑いも感じたが、むしろたんたんとことが運ぶので最悪の事態を考えずにすんだ。

とうとうあの戸を開けた。が中は構造的には外の科とさしたる違いはなかった。でも、空気は違った。説明できない違いがそのときあった。私は見舞客でも付き添いの家族でもない、患者になって入っていく身であった。受け付けてくれた看護師さんは、私に満床だからベッド待ちだと言った。相当長い間かかるような話であった。この時点で初診から数カ月たっていた。私はこれより、通院なしで、ベッドが空いたという連絡をひたすら待つ日々を過ごした。しかし、母の診察の日には付き添った。

退院後、母は人工の肛門と尿路のストマーの貼り替えができるようになってきた。私も母の外泊のときに覚え、役に立てるようになった。それでもどうしても尿のほうがうまくくっつかないときがあって、母から電話がかかってくるときがあった。一度、朝方に電話があり自転車で実家に向かった。母は自分の意志とは関係なく流れ出る尿をバスタオルで拭きながら、夜明け近くになるのを待っていたという。このストマーというのは、本人より外の人のほうが扱いやすい。おなかのしわを伸ばして貼らないと、しわ一本で尿が漏れることになってしまう。本人にとってうまくいかないときは、ちょっとしたパニックになるようである。私はこんなことがときどきあるようでは母も辛いだろうと思っていたら、品質のいい外国製のストマーをどっさり送ってくれた人がいた。その人は四十過ぎぐらいで、入院中に知り合い、外来で何度も逢ったことのある人。その人は通院している大学病院で薬学に関する仕事に就いていていた。母とは同じ大腸癌《がん》の手術もしていた。そのストマーを母は使いやすいと言った。

通院の時、母は予備のストマーも着替えも持って行った。でも、いつでもどこでもストマーの貼り替えができるわけではないので、もう以前のように食事などして帰ることはなかった。しかし、母の日常は農作業も家事も少しずつしていたようだった。

季節は夏に向かっていた。衣類が軽くなるということは、母の心の荷も軽くしてくれることになってくれた。私のほうはまだ病院から連絡が入らず待っていた。とうとう私の体に変調がでてきた。やはり頭痛がするのである。しかも痛みは日が経つにつれてひどくなっていった。例えば、掛け時計を見るとき振り向くと痛みが増すので、体ごと向きを変えねばならなかった。また、寝ている枕元の側を誰かが通るだけで痛く、夜中も痛くて目が覚めることもしばしばあった。そのうちに新聞が見にくいということに気づき、ためしに右目だけで見てみたら、活字が読めなかった。ショックだった。怖くなった。私は目だけは自信があった。左目もおそるおそる見てみた。なんとか読めた。少し安堵した。でも、こんなに急に右目が見えにくくなるなんて、このとき私は腫瘍が確実に進行しているのを感じた。私自身はいつでも入院できる。もう予約してから数カ月経ち、夏になってしまうというのにまだ病院から連絡は入らない。

六月に入って地域で溝掃除の行事があった。夫は特別に重かった溝蓋を持ち上げ腰を痛めた。動けなくなるほどで珍しく仕事を休んだ。五十キロ台の父が七十キロ台の夫を背負い治療に付いてきてくれた。私は不安になった。こんな夫をおいて入院できるのだろうか。心配したが夫は案外早く職場に復帰した。

六月の下旬になり、やっと病院から連絡があった。ベッドが空いたから三十日の日に来るようにと言ってきた。父が付いてきてくれた。私は病室へと案内された。四人入っておられたと記憶している。私のベッドは入り口から入って左の列の真ん中。さっそく備品の拭き掃除を始めた。消毒薬を少し薄めた液で拭いていると看護師さんが入ってきて「だれ？」と大きな声で言った。怖いと感じるくらいのキリリとした顔立ちの人だった。私はちょっと薬の臭いが強くなってきているのを感じていたので、これはまずいと思ったが、すぐに消えるだろうと高をくっていた。そしたら臭いは部屋中に充満し、私も息苦しくなってきた。そのうち、部屋の中で一番重病そうな人が咳き込まれた。看護師さんはよけいなことをしてくれたと怒っておられる。私は穴があったら入りたいぐらいだった。入院まで待機していた日数が長すぎ準備し過ぎた。退院時の洋服もデパートに買いに行ったし、子供に送る簡単なプレゼントのレターセット、それに記念日の贈り物なども用意した。薬などもいろいろ想定し準備してとうとう使ったこともない消毒薬までそろえてしまった。慌てて入ってこられた看護師さんは第一外科のＳ師長さんが新人の頃からの師長さんで、この病院の師長さんの中では一番偉い総師長さんだった。またしても私の常識のなさが露呈した。備品はすでに消毒済みであったのに、さらに消毒までする必要はなかった。

間もなく検査が始まった。ＭＲＩ（磁気共鳴映像法）という、ＣＴとはまた違った撮り方の検査を受けることになった。随分と広い部屋にそのＭＲＩはあった。技師の人がひとりいた。すぐ検査するということで、指示に従い、寝たままＭＲＩの中に入っていった。

# 特異な病棟

「停電！」停電はないだろう。私なんか停電といえば、台風のときぐらいしか経験していない。そのとき、ローソクを灯してしのいだことがあったが、こんな最先端の医療の現場で遭遇するとは思わなかった。

すぐ回復はしたものの私の番でおきるなんて、運の悪さを感じた。その前に連れて行かれた眼科でも間違いがあったので、よけい我が身の不運を思った。

眼科では、看護助手の人がカルテを出してくれ、私はひとりで廊下の長椅子で待っていた。次々と呼ばれて人が診察室の中に入って行くが、私はいつまで経っても呼ばれない。今まで外来で四時間以上待ったことがあり、ここはこういうところだと諦めてどうなっているのか尋ねる気力もなく、二時間ほど待って病棟に戻った。結局、手違いがあったらしいが、病気のときはちょっとしたことで落ち込むのである。

次の日、改めて眼科に行って検査すると、やはり右目の視力が弱く、視野欠損の疑いもあった。私の場合、右目の右斜め上辺りが見えにくく、そこから物が飛んできても気づくのが遅いということであった。事実、私の不注意もあったが、入院前には、踏切の遮断機が頭に当たるということがあった。

入院後二、三日ぐらい経つと、同室の人たちのことがわかってくる。私の両隣の人は私と同い年ぐらいの主婦であった。

入り口側の人は私と同じ病気であったが症状の出方が少し違っていて、糖尿病もあった。だから食事はみんなと違っていて、木箱に入れられ出前のようなかっこうで届けられていた。無口な人であった。その人が退院後しばらくして手紙をくれた。手術前は、病気のせいで顔の相が変わってしまっていたらしいが、退院後は、昔の男友達が元の顔に戻ったと言ってくれたと書いてあった。当人からはどう変わったのか想像しづらかったが、手紙は明るかった。

窓側の人はひとなつっこく、なんでもよく話す人であった。私とその人の長女同士が同じ学年で、共通の話題もあり親しくしてもらった。けれど、その人の病名のことはわからなかった。手術を迷っているような話を家族とされていた。場合によっては手術をしないで帰ってもいいですよ、ということなのか?

最近よく言われるようになった患者主導で治療の選択をするというのである。この当時としてはこの病棟は開かれたところであったと思う。

この方は結局手術を選んだが毎日不安を口にしていた。だが、淡々とことは運び、手術前になると髪を切りに散髪屋さんが病室までやってきた。みんなが注視する中、みるみる髪はなくなっていった。本人は明るく振る舞っていたが心中は辛かったと思う。そのあと、綺麗な絹のスカーフを頭に被った姿を見て、いずれ伸びるとはいえ悲しい現場に居合わせているなと思った。周囲のこのような状況の中でだんだんと自分の病状の軽さが際だっていった。

入り口から入って右側の人は、五十歳代の人でくも膜下出血で救急で入ってきた人。運良く助かったことを本人はもとより家族も繰り返し話していた。その人は常時点滴を両腕にしていたので尿の回数が多かった。脳神経外科が他の科と違うところはカーテンのないこと。だから用を足すときは部屋に一つあるついたてを移動してするのである。

カーテンがないというのは、口のきけない、体の動けない人がいて、誰も気づかないまま、不測の事態がおきていては大変だからかと思った。またどういうわけか枕がない。ここはみんなタオル一枚使うだけである。枕で頭を高くすると血行を悪くするのでかと思ったが、本当のところは不測の事態に備えて、気道が確保しやすい状態にしておくためらしい。

後ひとり、その隣の窓側の人がこの部屋で一番重篤な人であった。口がきけず、体も自分ひとりでは動かせない人であった。大阪の高槻からの人で私と年が近かったと思う。悪性の腫瘍を手術したようだった。いつもお世話されていたのがお姑さんであった。特異な例だと思った。

休みの日には、ご主人と小学校高学年ぐらいの兄妹が見舞いに来ていた。女の子はお母さんの世話を一生懸命していた。お姑さんはとても上手に看護する人であったが、お嫁さんは複雑な心境だったに違いない。この病棟で一番偉い教授が、このお姑さんだけには自分から挨拶されると、うわさ話で聞いたことがあった。私はお節介と思われるかもしれないが、話せないお嫁さんのため、鈴を使うことを提案した。さらに、失礼なことを言うかもしれないがと前置きして、幼児が使っている五十音の教育玩具を置いておいて、伝えたいことを指さしてもらったらと話してみた。そしたら鈴だけだったかもしれないが用意されていた。でも、ほとんど使われていないようだった。お姑さんの勘の良さで乗り越えているようで使われないのもお二人にとってよいこともあるのだと思った。

さて、入院はしたもののそう毎日検査の予定が詰まっているわけでもなく、今度は手術待ちということになっていた。夏休みを前にしての、この時期の入院では、手術が夏休み明けになってしまうという不運な人も出てくるのである。

師長さんはぼやかれていた。ドクターの休暇に合わせて、病棟内の体制を調整しなければならないようなことを言っておられた。師長さんは何代もの教授に仕えた方らしい。はっきりと物を言う方。この病棟では師長さんの意向が浸透しているのか、緊張感があり外とは違うなと感じた。夜中に人の声がするので目が覚めたことがあった。その声はいつまでも続いた。後で同室の人に聞くと毎晩、十二時になると夜勤と準夜の看護師さんが引き継ぎの内容を読み上げていると言った。私の耳には朗読のように聞こえていた。こうして守られているのだと思ったら心地よい音になっていった。

病棟内のことにも慣れてきた日の朝、洗面所で親子づれに出会った。小学校の三、四年生ぐらいの女の子とお母さんだった。私は笑顔を向けようと思ったが、女の子は辛そうな顔をした。今にも泣き出しそうだ。お母さんの話している内容からして、近く手術を受けるらしい。女の子の不安が伝わってくる。私は話を聞いているうちに、その日の前夜あった悲しい事実と結びつけていた。

前夜、この病棟で女の子が亡くなったと聞いた。その日の早朝もただならぬ気配を感じていた。その後、遠くの個室から先生や看護師さんたちが並んで見送っているところが見えた。この病棟には小児脳腫瘍の子どもも入院しているし、病名はわからないがヘルメットを被った多動の子どももいた。この女の子はきっと亡くなった女の子と友達だったのだ。一緒に遊んでいた友達が亡くなり、自分は手術を控えている身、辛くないわけがない。怖くないわけがない。それでもお母さんは、聞き分けのない子を諭すように話している。私は何も言葉を掛けられなかった。

私は検査のなかった日曜日を利用して家に帰ることにした。子どもにおみやげが買いたくなってデパートまで行って買い物をした。入院している身でありながらわきまえのない行動であった。寄り道で遅くなり、急いで家の近くの踏切を渡っていたら自転車で塾へ行く娘とすれ違った。友達と一緒だった。気づいてはくれた。一瞬の間であったが、切ないような頼もしいような複雑な気持ちになった。

家に帰ると姑が来てくれていた。私は久しぶりに食事の用意をし、普段の主婦に戻った、不思議なのは自分が病気の当事者なのに、身内が大変なときなのだからと思ってしまうこと。母の病気で慣らされてしまっていたのかもしれない。自分の病気にも実感がなかった。ただ帰りたくて帰ったものの時間がなく、バタバタしていて晩ご飯も食べ忘れ、病院に戻るとベッドに絶食のカードが置いてあった。

いよいよ手術を受ける日が近づいてきた。私は病棟内で知り合った家政婦のHさんに看護をお願いした。Hさんはこころよく引き受けてくれたが、すこし不安を感じる人であった。後で分かったことだがHさんは自分が所属している紹介所を通さずに抜け駆けのようなことをしていたのである。

手術前日、私は眠剤をもらった。初めてだったので尿意にも気づかずに漏らしてしまっては恥ずかしいので、持ち合わせていたナイロン風呂敷を敷いて寝た。

明くる日、よく眠れてすっきりとした朝を迎えた。八時に注射をした。同じ物と思うがもう一本続けた。八時三十分に病室を出て手術室に向かった。私は不安であったが不安な気持ちを見透かされたくはなかった。何度も大きな手術を受けてきた母を手術室まで見送ってきた私としては、ここは平常心でいなければまずいと思った。しかし冷静ではいられなかった。こういうとき、私は変な行動にでるのである。わざと好奇心一杯のようになって手術室をキョロキョロ見回したのである。そしたら看護師さんが「おもしろい?」みたいなことを言ってくれた。自分の反応に答えてもらったみたいで私は少しだけ落ち着いた。本当は手術室のどこも目に入らなかった。

そのうち誰かが私の周りにやってきて、私の口に大きなマスクのような物をかぶせた。呼吸がしにくい。昔よくテレビのサスペンスもので見た、あの場面、犯人がエーテルをしみこませたハンカチを被害者の口に当てるところ、あれを思い出したのである。けっこう乱暴なんだと思っているうちに、だんだんと息ができなくなり、もがきそうになったところで意識がなくなった。うまくできているなと思った。もうこれ以上我慢できないというところで楽になれる。必要、かつ最低量の麻酔薬。手術前、麻酔科に説明を受けに行ったことがあった。何もかも計算された手術が始まった。この日、祇園祭の宵山であった。

## 入院患者になってみたら

次に覚えているのは、個室に戻りストレッチャーからベッドに移されるときだった。父が立っていた。この個室にはなぜか椅子がなかった。広いスペースでガランとしていた。手術にどれほどの時間を要したのかわからなかった。私はとにかく尿が出そうだった。出そうなのに出ない。尿のパックをみたが、一滴も貯まっていない。おかしい。ちゃんと尿の管が入っているのだろうか。私はN先生にも看護師さんにも関係のない父にも訴えた。オシッコがしたいのに出ないのだと。もう我慢できなくて、これは拷問だと。が、どうにもならなかった。

初めはトイレの前でいくら待っても私の順番は来ないような感じでいたが、漏らすこともできないなんて辛すぎた。手術した頭のほうには堅い物で締め付けられるような痛みがあり、目のほうは目の奥がだるく痛かった。しかし、それよりも尿の出ないことを我慢しているほうがなんぼか辛かった。

夕方になって、清拭にきてくれた若い看護師さんに管を取ってもらいたくて、思いっきり息んだら管が抜けた。私はもう自分で用を足すから止めて欲しいと頼んだ。看護師さんは困った顔をしながら私の寝間着を着替えさせてくれた。このときどういう訳か、看護師さんのエプロンに私の血がかかった。看護師さんは恥ずかしそうにしながら血の付いたエプロンをたくし上げ部屋を出て行った。尿の管が取れた私は自分の意志でオシッコがでるようになった。

夜になって、夫が来てくれ父と交代した。夫は翌日から一週間ほど出張で、私の手術日だけが出張前の代休となっていた。こんな日が手術日になるなんて偶然であった。

夫は今まで家族のために仕事を休んだことはなかった。子どもが生まれたのも土日であったし、このときもめったにない休みの日で、迷惑をかけたくない私としてはホッとした。でもこの部屋には椅子もない、もちろん仮眠する場所もない。そのかわり総室には私のベッドは確保されてはいた。夫は総室に行って少しは寝たのであろうか。明くる日そのまま出張先の北海道に向かった。

家族の代わりに頼んでおいた家政婦のHさんが来てくれた。Hさんは私が念のため、家政婦協会に電話したことを「せっかく安くしてあげようと思ったのに」と怒っていた。会を通さずに私と契約したかったらしい。私は自分の手術後、どの程度の期間付き添いが必要であるかわからなかった。

私は手術前に主治医のN先生から手術の説明を受けていた。でもN先生の話をあまり覚えていない。

N先生の印象は普通の人という感じであった。職業が特定できない人。あえて言えば、父の日の広告に出てきそうな感じのいいお父さん、というふうである。大学病院の医師が普通の人に見えるというのは私にはかっこよかった。自らが威厳を持たれていないというところにである。研究者に見えることは自然なことだけど、威厳を備えた医師に見えることは、医療もサービス業と言われる今の時代、対等に話しなどできない。威厳や尊敬の念は、患者のほうが自然と医師に感じるもの。医師のほうから与えるものでもないと思う。

そういう意味でN先生は普通の人であった。診察も私の病気を診られるというより私の命と真摯に対峙していただける方であった。きっと先生がご近所の人であっても、とってもいい人であると思う。そのN先生は、当然と言えば当然だが、今は私など話しかけられないほどのポジションにいらっしゃる。母が大学病院にお世話になったから、こんないい先生に出会えたのだと思った。だからか、私は自分の病気の説明を受けたときもN先生に全幅の信頼を置いていたので、しっかり聞かなければという気持ちにはならなかった。

私の病気は頭の下垂体に腫瘍ができていてそれが目の視神経を圧迫し、放っておくと失明の怖れがあるということであった。現に右目の視力が弱く、視野欠損の疑いがあった。手術の方法は、開頭することなく、歯茎から鼻に向かって切開し、その先にある下垂体の腫瘍部分を電子顕微鏡を使って削り取っていくのであった。今は一般的によく行われている内視鏡手術であるが、その前駆段階であったのだろう。それで、この手術には四人に一人の割合で尿崩症になる可能性があるということも説明された。だが肝心の病名ははっきりと覚えてなかった。「たぶん下垂体腺腫だと思う」ぐらいの認識だった。母のときには、付き添いの責任としてしっかり聞いておかなければという思いがあったが、私のことは先生にまかせておけると思った。

でも、先生がよくてもなにもかも順調に行くわけではない。手術後、私は四分の一ほどの割合で起きるらしい尿崩症になった。またここで、なんで私がとなった。

尿が出なくてあれほど苦しんだのに、今度は気持ちのよいほど尿が出る。なのに私はその前に利尿効果があることも知らず缶コーヒーが飲みたくてHさんに買ってきてもらっている。一日に五〇〇〇ccの尿が出た。このときN先生は一万も二万も出ているわけではないので大丈夫といわれた。また、私は先生がなんとかしてくれるからいいやと思った。その後、N先生は夏休みの休暇に入られた。

私の症状も落ち着いてきたころ、手術を終えた人が隣の個室に入ってきた。たぶん厚いカーテンで仕切られただけになっていたと思う。辛そうな声が聞こえてきた。若い男の人である。数人の看護師さんがだだっこをあやすように声を掛けている。男の人の声から私は一緒に麻酔科に説明を受けに行った人とわかった。その人は前日パチンコに行ったと話してくれた。どこも悪くなさそうに普通に歩かれていたが手術後だいぶたってから、廊下で会ったら首が頭を支えられないのか、頭に鳥かごのようなものを被っていた。その姿は遠くからも人目を引き、宇宙人のように見えた。

翌日、教授回診があった。教授を先導している師長さんは、隣の部屋とのしきりのカーテンを開けながら、みんな大層にし過ぎなんだからとぼやきながら入ってきた。我慢しなさいと言いたげであった。次に入ってこられた教授は私の顔を見るなり急にプッと吹かれた。私は教授を笑わせてしまった。手術で鼻の辺りがはれていたのである。それでなくとも上向いた鼻がさらに上を向き、おさるのようになっていた。さぞおかしかったのだろう。本当は私の気のせいかもしれないが、威厳ある教授を笑わせたのだから快挙かもしれなかった。しかしこのときは複雑な気持ちだった。

何日かして私は総室に戻った。Hさんには短い期間だったが了解してもらい介護を終えてもらった。

ことの外早く病棟の外にも出歩けるようになって、自宅へ電話をしていたら、母の以前の主治医であったJ先生がこちらに向かって歩いてこられた。私はパジャマに上着を羽織っただけの身なりが恥ずかしくてモジモジしていた。先生は取り忘れたテレホンカードを抜いて渡してくれた。このとき、今までとは違う自分の立場に惨めな気持ちになったが、病者になって初めてJ先生にやさしくされて困惑もした。これから母に付き添っていくと、たぶん先生に会うだろうけど、どんな顔をすればよいのか、J先生には同情の目で見られたくはなかった。

娘同士が同じ年の左隣の人が手術を受けることになった。前の晩、一緒にお風呂に入ってくれないかと頼まれた。私も手術前、背中を洗ってもらった。口には出さないがひとりが不安で仕方がないという感じに見えた。もうすでに髪もなく、私はすぐにこの人の背中を丁寧に洗ってあげた。普段はよく話をする人であったが、このときはほとんどしゃべらなかった。言葉はなかったが何か話さなければという気まずい空気は不思議とおこらなかった。静かに時間は流れた。私は心配そうなこの人の年老いたお母さんの顔を思い出し、心の中できっとうまくいくと何度も繰り返した。

次にこの人と会ったのは、この人が総室に戻ってきたとき、案外ダメージを受けていなくて、よく話す元のこの人に戻っていた。ご主人が夜付き添っていたが友だち夫婦みたいな人たちだった。私は病状が軽いということもあって、この人の洗濯をしてあげた。夫も出張から帰り、毎日仕事帰りに病院に寄ってくれた。入院して一カ月ほど経ち、私はそろそろ家に帰りたくなった。

土曜か日曜だったかの日、私は退院することになった。主治医のN先生は夏休みで、師長さんも特別な人で土日は休みであった。ひっそりとした病棟内であった。

私は真新しい茶系統のワンピースを着て退院した。私と同じ病名の入り口側の人は、私より先に入院していたのに、手術が夏休み明けになってしまった。気の毒な気持ちになったが、自分自身の退院はやはりうれしかった。帰りに病院近くの食堂でお昼ご飯をたべた。頭は相変わらず締め付けられるように痛み、目の奥もだるくて痛くてしかたがなかった。でも、私は入院前の待機中も手術後も頭が痛いといって薬をもらったことがなかった。それまでほとんど薬をのむような生活をしてこなかったからである。薬で楽になった経験もなく、薬害の方を気に掛ける人間であった。

家に帰ると姑がいてくれた。慣れない家で腰を悪くしたようで、自分の家でゆっくりしたいのか、すぐに夫に送られて帰って行った。私の留守の間、知らないところでみんなの親切を受けていた。また家族四人の生活が始まった。

# スッとするのが飲みたい

二週間後、初めて大学病院へ診察に行った帰りに病棟にも寄ってみた。私と同じ病気の人も手術が終わり総室にいた。外に私よりも若い二人の人が、同じ病気で手術を終えていた。下垂体の病気が多いのか、この病院だから多いのかわからないが、私は仲間が多かったことを歓迎した。それだけN先生が多く手がけられているということだから、私の痛みは続いたが予後はよくなっていくと安心できた。

下垂体の手術は、腫瘍を削り取った後、切開した部位にお腹の脂肪を貼り付けるとN先生は言われていた。術後私の右脇腹には確かに傷があった。でも同じ手術をした人でも、独身に見えるほうの若い人は、私には傷口がないと言った。そしたら、「この人は、私と一緒に手術したから私のを使わはったんや」と年かさの人が自信ありげに言った。今の私なら思いっきり取っておいて欲しいと思うのだが、そのときはN先生も粋な計らいをされる人だと思った。私が初めて頭が痛いと訴えたときも先生は、「きっとあなたに合う薬がありますからね」と言って薬の処方箋を書いてくださった。

母と一緒ではないひとりの通院は、私も病気なんだと改めて認識させられる日だった。でも、私はまだ母の診察日に付き添いで行っていなかった。私が入院してから母はひとりで通院していた。心細かったと思う。なによりも私が病気になったことが衝撃であったようだ。

私が入院して間もないころ、母は自分の診察日にやってきた。病室に入って来たときにはもう泣いていた。廊下から泣いていたのだろう。私の顔を見てもしゃべれる状態ではなく、泣き崩れていた。その場にいたたまれなくなった母はすぐに部屋から出て行った。病室の誰もがひとりで大丈夫だろうかと思うほどであった。

あんな母を見たのは初めてだった。あのときの母にとって子どもの病気がこれほど辛いものなのかと、私自身が戸惑うぐらいであった。母はそれからときどき涙を見せるようになった。自分がなにもできないことが悲しかったと思う。働けなくなったこと、役に立てなくなったこと、自分のことが思うようにできないこと、みんなに心配をかけ続けていること、辛かったと思う。病気になったことが本当に悔しかったようであった。

昭和六十二年、十二月四日、大学病院へ母の検査結果を聞きに行った。腫瘍マーカーのCEAが緩やかではあるが増していた。恥骨ともう一カ所の骨に転移しているのではと先生は言われた。

十二月十一日、じんましんがでるが注射で治まる。

十二月十二日、落ち込んでいた。

十二月十三日、顔にむくみがでている。

十二月十八日、アイソトープの結果を聞きに行く。

十二月十九日、嵐山近くのN外科病院で注射を受ける。入院を勧められるが断る。その後、家で吐く。

十二月二十二日、症状が改善しないので結局N外科病院に入院する。食事が少しできるようになった。この日、私は自分のことで大学病院に行く。

数日して、母は腸が張ってきて苦しいという。先生は腹水が溜まっているのではと言われる。その後、四日間ぐらい便が溜まっていることがわかり、浣腸をして治まる。

十二月二十八日、二十九日と食事ができた。

昭和六十三年、十二月三十一日から一月九日まで点滴だけになる。以後、食事ができた。

一月八日、母の入院を大学病院のN先生に報告にいく。

一月九日、N先生に書いてもらった診断書をN外科病院に持って行くが会議中で正午まで待った。院長先生は、今後は痛み止めの注射をしていくよりほかないと言われた。

その後、母は家でなんとかやっていけそうと思ったのか退院した。治療は往診してくれる医師にお願いすることにした。注射は、四回の内三回がピシバニールで後は痛み止めであった。それでも家では大変になってきて、この年の夏、U病院に入院した。ちょっと広めの個室でシャワー室まであった。

もうこのときには、母は痛みもひどく寝たきりのような状態であった。痛み止めが常時体に入るように点滴を背中からしていた。家政婦さんもお願いした。でもこの病院はいつかは出て行きたくなるようなところであった。母は副院長先生を怖がっていた。処置の仕方が荒っぽくて痛みに耐えられないようであった。

やはり経済的に続かないということでまた前のN病院に転院した。U病院には一月ちょっとぐらいしかいなかったと思う。

N外科病院で来てもらった家政婦さんは、母の苦手な人に似ていた。母は初めて違う人に換えて欲しいと言った。その人はじっと座って母を見ていることが多かった。自分が休んでいるとき、その苦手な人に似た人が常時じっと座って自分を見ている、というのは耐えられないという。昼間はよいが、夜二人だけになるのがどうもいやだったらしい。そして、師長さんに相談すると、病院内で見たことのあったNさんはどうですかと言われた。

Nさんの印象はサスペンスの舞台になりそうな古い洋館の召使いという感じの人。顔の彫りが深くやせぎすで黒のロングスカートに黒っぽい上着を着て、いつもシルバカーを押して歩いていた。師長さんはNさんのことを仕事は評価できるがお金の面で少し問題のある人と言った。最後に「患者さんにはいいですよ」と感じのよかった師長さんが言ったのでNさんに決まった。

母は痛み止めとしてモルヒネを使っていた。大学病院からアルバイトでやってくる医師に尋ねると、モルヒネ経口薬のMSコンチン錠を使っていて、これは強力な硫酸モルヒネを主成分として十二時間持つと言われた。癌《がん》の末期の疼痛にはモルヒネが使われる。今もそうかもしれないが、当時医師にモルヒネを使うことに抵抗感があった。緩和医療のありかたが学問として深められていなかった。私としては、このころ母の病気のことで深く関わっていなかったので、モルヒネの説明を受け使ってもらっただけでそれ以上のことは求めなかった。必要かつ最小限のモルヒネの量であったかどうかわからないが、やはり母に幻覚がでていた。自分が寝ているベッドの横で工事をしていると言ったことがあったりしたからである。

私は母が入院すると、尿のほうのストマーだけは私が取り替えるということで病院に毎日通った。大学病院へは人工肛門がかぶれやすく、塗り薬のアサクマパスタというのが常によく効く薬だったので、この薬だけもらい受けに行った。

Nさんは患者に対しては情を見せる人であった。それで安心してまかせられたので私自身も気が楽にはなっていた。なによりもストマーを貼り替えてもらえるのがありがたかった。だからあまり時間にこだわらず、Nさんの休憩時間として数時間ほどいけばよいだけになった。

でもNさんはやはりお金のことで父を困らせていた。昼も夜も一人で看られないのでもうひとりの人をつけてほしい、でなければ一人分の賃金では受けられないようなことを言った。父は困っていたがNさんの要求は続いていた。それでもNさんの仕事は相変わらず丁寧だった。床ずれのようなものがかかとにもできてくると、包帯で巻かれた足を角度や位置にも気をつけて取り扱っていた。

Nさんは病気だった自分の母親のことを話してくれた。Nさんには自分の母親のことでは心残りがあったのか、もしくはたったひとりの看病で孤立していたのかもしれない。

母はNさんのことで一度も不満を言ったことがなかった。Nさんは母の味方のようであった、がそれ以外の私や身内に対しては尊大な物の言い方をする人であった。私の思いこみかもしれないが、Nさんの根っこの部分には、母以外の私たち身内に対して多少敵視しているところがあったように思う。これは母のときからではないと思われる。Nさんはそういう人生を送ってきたんだと思う。

このころの母の楽しみは、私が夏の間中病院に持って行っていたグリコの冷菓「アイスの実」であった。母の口の中に一個ずつ入れてやるのである。母は昔、私が子供のころ、厳しい夏の暑さの中で仕事をしているとき決まって言った。「スッとするのが飲みたいなあ」と。

私も子どものころ一番食べたかったのは、夏の日に笛を吹いて売りに来るアイスキャンデー。親に言えども言えども買ってもらえず、キャンデー屋のおじさんの自転車が通り過ぎるのを地団駄を踏んで見送っていたことがあった。

今、母の死後お墓に供えるとしたら、スッとするサイダーだと考えている。

# 病床記

ようやく涼しくなり、もうグリコのアイスも買わなくなってくると、母の様態もだいぶ悪くなってきた。いつ行っても、ほとんど会話ができなくなったのである。私は相変わらず手術後の頭が痛く、目の奥もだるいのが続いていた。でも気持ちの負担はずっと軽くなった。

昭和六十三年、年の瀬、私は風邪をひいて三十八度台の熱を出した。でもいつものように病院へ行き、母を見舞った。明くる日、「あんた風邪移したやろ」と抗議の電話があった。Nさんはひどく腹を立てていた。風邪で母の様態はどんなふうだったのかわからなかったが、私はとんでもないことをしてしまったと思った。そのときのことが原因で、母の死期を早めたかもしれないと今でも思うことがある。自分の取った行動が悔やまれる。

一月の何日だったたか、昏睡状態に陥っているとしか思えない母のところへ、夫も付いてきた。しばらく病室にいた夫が帰ろうとしたとき、母は「ちょっと待っておくれやす」と言った。はっきりと聞き取れる声だった。夫は振り向いて母の言うことを聞こうとしたがそれ以上母は何も言わなかった。それ以来、母の口から言葉を聞く機会はなかった。母は私の夫に一言謝りたかったのだろう。そしてお礼も言いたかったのだろう。いつもいつもそういう思いがあって、夫が来たこの一瞬だけ覚醒したのかもしれない。後でこのことをNさんに言うと信じてもらえなかった。私は母の心のうちにあった、私の夫への感謝の気持ちが伝えられて、なんとか間に合ったみたいな気持ちになりうれしかった。

一月二十二日、午後、私が病院へ行くと病室に医療機器が持ち込まれていた。医師や看護師それに兄たちもいて、不穏な空気を感じた。兄は今晩泊まらせて欲しいと頼んでいた。でもNさんは迷惑そうな表情で、その必要はないと言った。私はそれまであまり病院の先生方と話しておらず、どの程度の深刻さかわからなかった。それに、目の前の母は静かに眠っていた。前日もそうであったし、前々日もそうであった。私はその状態をあとわずかの命だと思えなかった。

日付が変わった深夜二時ぐらいであったか病院のNさんから電話があった。母が死んだと。他人ごとのように感じた。実感が持てないでいた。

Nさんは母の臨終の時、私の実家にも私にも知らせてくれなかった。病院側もそうであった。母はほんの五カ月ほど前に知り合った人に看取られて亡くなったのであった。私が病院へ駆けつけたとき、院内は何事もなかったような静けさであった。病室のドアを開けるとNさんはひとり母の荷物を整理していた。さすがにいつものNさんらしくなく、穏やかな物言いで優しい人になっていた。Nさん自身が自分の思うような介護をしてきたことが母の気持ちと通じ合ったのだろう。Nさんは寂しげだった。

母は私が見たこともない白い手編みのベストを着ていた。きっとNさんは夜になると母の側でこつこつと編んでいたんだろう。母は死に化粧をしていた。とってつけたような真っ赤な口紅だった。朱色の口元が際だっていて、密教の曼荼羅に見る仏のような顔に見えた。これが私が知っている母の数度目かの化粧である。

私には母の化粧品のことで記憶に残っていることがある。それは母のタンスの奥から偶然見つけた銘仙の鞄の中にあったコンパクト。もう匂いすらしていなかったが、私はその古いコンパクトを見てなぜかドキッとした。次に悲しくなった。なにひとつないからである。青春時代と戦争がリンクしている母は、一生涯着飾ることはなかった。指輪やネックレスなどのアクセサリーも持っていなかったのである。今まで化粧したのは、子どもたちの結婚式の日に美容師さんが見かねてしてくれたもの。母も外出時には少しぐらい化粧をしたかったと思う。私は口紅の一本もプレゼントできない気の利かない娘であった。

ベッドに横たわっている母は魂の抜け殻に見えた。私の直感だが、もうここには母はいないと思った。このときかつて読んだ朝日新聞の天声人語の欄を思い出した。癌《がん》患者である私の行く末を病院でもない家でもない墓であると言った人だが、「どうせこの体、借り物と思えば気が楽」とも言われていた。苦痛から解き放たれた母は、この場から一刻も離れたかったと思う。Nさんはゆっくりとかたづけものをしていた。塗り薬のアサクマパスタまでいとおしそうにしまい込んだ。

父が来た。とっくに覚悟はしていた父に私は言った。「段取りはできているの」と偉そうな物言いで言った。ダメージを受けている父に意地悪をしてしまった。言った後で後悔した。

母が病気になってから五年と四カ月、私なりに精一杯付き合ってきた。亡くなった時点で、もうすべてが終わったと思った。そしたらもう心はヘトヘトで許されるものならひとりになりたかった。通夜も葬儀も欠席したかった。実家の者にとってこれからが大変というときにである。

明くる朝、実家に行くともうみんなそろっていた。みんなは私に母の死に水をとるよう促した。母は死に装束で整えられていた。気が付くと母の顔は母の妹に似ていた。生前太っていた母と、痩せていた母の妹とは似ても似つかぬと思っていたのに、やはり姉妹だなと思った。それと意外だったのは、皺ひとつないピンと張った肌になっていたこと。

私はずっと傍観者でいた。見知った尼講さんたちの煉獄と繋がっているようなご詠歌を聞きながら、粛々と事が運ばれていく一連の行事に乗っかっていた。時折、母のことを話しかけてくる人があると胸がいっぱいになった。母の話が出ないことを願った。

明くる日、葬儀の出棺の時、大勢の女の人たちが私もわたしもとお別れをしてくれた。その時母の片目が飛び出しているのに気が付いた。そして飛び出した目から涙がひとしずく流れていた。私はかつて同じような光景に出会った。母が大学病院へ転院し、ストレッチャーで手術室まで送っていくとき、母の片方の目から涙がひとしずく落ちるのを見たことがあった。

母は癌《がん》の転移で痛みが増してきたころ、もう死にたいと言った。それまでは「死んでしまったら、今まで何のためにがんばってきたのかわからん」と言っていたのに「ほんとに死にたいんやで」と言ったときがあった。死後、母がお見舞いに頂いたもののリストなどを書いていた病床記のようなものを兄から渡された。『なんでこんな病気になったんやろ。いきつくところはいつもここ、無念で無念で……』とあり、続いて、おじいさんには申し訳ない。私には嫌な顔ひとつせずに付き合ってくれた。というようなことが書かれてあった。もうかつてのように字に勢いがなかった。

元気なころの母は立ったままの姿勢で筆を持ち、竹かごなどにも名前を書いていた。学校に提出する大事な用紙などには、はみ出るぐらいの大きさで書きそうなので、父はいつも「小さい目やど」と付ききりで指示していた。今では、「これこおてきて」と渡されたメモの字にも懐かしさを感じる。

母のノートには自分の心情は少ししか書かれていなかった。それだけで母の心のありかを推察するのは難しい。母は自分の人生をどう総括したのであろうか。もっともっと話をしたかった。

以前読んだ闘病記で、ご自身が癌《がん》で小さいお子さんと生まれてくるまだ見ぬ子たちに残されたものの一節を思い出す。

病人にとって大変苦しいものがみっつあると思います。そのひとつめは自分の病気が治る見込みのないことです。ふたつめはお金のないことです。みっつめは自分の病気を案じてくれる人がいないことです。誰ひとり自分の十字架を担ぎ上げてくれる人がなく、自分ひとり泣きながら闘っていく、こんな辛いことはありません。私はその中でみっつめの不幸が一番苦しかろうと思います。

母の遺書にもなったノートから推察すると母はこの世の不幸を一身に受けた身ではなかったと思う。人それぞれにより、苦しさの許容範囲はちがうだろうけれど、私も含めて母は出会った人の多くに愛された人だったと思う。

母の葬儀も終え、大学病院でお世話になった先生のところへ報告に行った。主治医だったN先生にはすんなりと言えたが、病棟にいらっしゃるであろう前の主治医のJ先生のところまで行く勇気まではなかった。J先生には初めからずっと係わっていただき、より多くお世話になった方。だからきっとこみ上げてくるものがありそうで行けなかった。何日かして意を決して改めて大学病院へ行った。J先生は病棟にいらっしゃった。先生は母のことを「頑張って長生きしてくれましたね」と言われた。私は胸がいっぱいになり頷くだけであったが、もう少し報告するものがなければと思い、とっさに言ったのが、亡くなってから片目が飛び出し涙が出たことを告げると、J先生は「それは薬の副作用です」と言われた。先生は私を安心させようとされていると思った。別に気味悪いことでもなく、科学的に根拠のあることとし、科学のせいにしておかれたのだと解釈した。でも私は心に引っかかっていた。あれがこの世に残した、母の気持ちが集約されたメッセージだったのではないかと。

帰るとき、病棟内の遠くのほうに知っている人の顔を見つけた。母に外国製のストマーをどっさり送ってくれた同病の人であった。私は入院されているのを知ってお見舞いの花を買いに走った。その人は何回目かの入院であったが、母のように重い状態ではなかったので少し安堵した。

もう母のことでは来ないであろう病棟、この時点でも、以前の母のように闘っている人が満床の状態にある。そして家族も。みんなそれぞれの立場で家族のことをおもんばかっている。以前、お母さんの一大事に、ねじりはちまきして病棟の洗濯機の前に立っていたお父さんがいた。なにかしてあげたくてじっとしていられず、慣れない洗濯をされていたようであった。忘れられない病棟での光景であった。私にとって大学病院ほど記憶に残る場所はなかった。

# 故郷の曲がり角

平成十七年元旦、朝のジョギングのコースを変えてみた。この日だけ、初詣を兼ねた順路を取ることにしたのである。

家の近く二カ所を選んだのだが、一カ所は早すぎてまだ開いてなかった。もう一方のところはお参りできた。おみくじを引いたら大吉で、人のために慈善を尽くせば自らの気持ちも救われる、とあった。

母の闘病中もこうして元旦に、明け方の暗い内から、家人に気づかれないようにして家を抜け出し、氏神様に参った。いつも今年こそは心穏やかに過ごすことができますようにと、母のことを祈った。母が亡くなって、この一月で、十七回忌になる。

もう夢に見ることも皆無といっていいほどになった。本当に夢にも出てこなくなったのである。亡くなって数年の間は、四、五回ほど見たことがあった。母との闘病の五年四カ月、あんなにも記憶に残る日々を過ごしたのに母の夢は少ない。

生前の母は忙しくてあまり我が家にはこなかったが、来るときは急に現れた。背中に大きな風呂敷包みを担いでいたり、野菜の入った手かんごを肩に掛けていたりした。自転車に乗れない母は、実家から歩いて三十分ほどの距離を、持てるだけの量をめいっぱい手や背にして持ってくるのであった。母はみそやお茶などいろんなものを手作りしていた。持ってくるものはほとんどが野菜であったが、自慢の漬け物や赤飯などもあり、食べきれないほどの量になっていた。

夢の中でもそうだった。抱えきれないほどの買い物袋を持ってやってきて、もう病気は治ったという。そんな夢を見た日の私は、母は成仏しているんだと思い、あまりないが病気のままで現れた時は、母は辛い世界でさ迷っているんだと思ったりした。夢を見なくなったのは、私のなかで眠る母を、母の故郷のお墓参りに連れて帰ってからだと思う。魂の野辺送りができたような感じで、これで一つのことが終わったと思えた。それ以来、母のことは夢でもめったに出てこなくなったし、本当に懐かしい人になった。そうしたら、実家が故郷という言葉に置き換わるようになった。もう兄たちに代替わりし、私の気持ちの中に敷居ができたのである。

子どもの頃の昨日のことのようだった記憶のあれこれも、時間が止まったかのように映像が完結していった。そこには、その当時と同年齢の私がいて家族がいて、一緒に暮らした家畜もいた。私の家の佇まいも時間の流れも周囲をとりまく空気もその当時のままである。


スズメが憩う、トタン屋根、春は山吹　夏には枇杷《びわ》　秋にはざくろ、冬南天、曲がってすぐその先、我が家はある。門にはいつでも誰かいて、年がら年中門口を出たり入ったりしている。脳溢血で倒れたことのある祖父は、入り口の左側に竹で編まれた椅子にゆったりと座り、道行く人や家人に冗談を交えながら話しかける。父は門に打ち付けてある太い杭に牛をつなぎ、いとおしそうに牛の毛づくろいをしている。祖母と母は二人ともこれ以上働けないぐらいの量の仕事をこなす。

二人は夏の日、目の前の畑に出て、キュウリの収穫をする。サラサラと流れるような汗をかきながらずっしりと重い手かんごを担いで小屋の前に運び入れる。

私は母の姿が見えないと、用事もないのに畝から畝へと母を探す。そんなとき母は決まって「ほーい！」と合図してくれる。祖母は時々持病の心臓発作を起こす。私はうずくまって耐えている祖母の背中をおもいっきり指圧する。祖母が押してくれと言うので、子どもの頃よりいつもそうしてきた。

私はそんな家族の中にいて、時には裸足になって、ござの上をもみがらのなかをわらの上を庭先を歩き回った。故郷のことは、みんなこの足裏が記憶しているようなものである。

私は自然の美しい名勝地に生まれ育ったがそこが故郷とは思えない。私にとっての故郷は大地である。この足で歩いた農道である。そして川も、同じ処に同じ雑草が生え、同じ生き物がいる。私も多くの人が想う故郷と同じだろうと思う。なにも歴史的に保存されているこの地のことを思っていない。私にとって身近な足許が故郷なのである。

あの角を曲がれば、あの山に登れば、あの川をさかのぼっていけば、あの景色が広がる。春、夏、秋、冬。みんな見知った景色が展開していく。どの場所に我が身を置いても映像は浮かぶ。母もこんなふうに自分の故郷を思っていたのだろうか。

大正生まれのひとりの女の人が六十八歳の誕生日を間近にして亡くなった。母のことである。青春時代は戦時下であった。縁あって嫁いだ先では身を粉にして働いた。頑張った甲斐あってそこその暮らしができるようになった。が、六十二歳で病気になった。癌《がん》だった。癌《がん》は次々に転移していった。告知というのは一度だけではなかった。手術のたびに主治医の先生より言い渡された。四度目の手術を告げられたと私に話したとき、母は伸びた髪を三つ編みにしながら話し始めた。編んではほどき編んではほどきしていた指はもつれそうだった。目は私をそらしていた。命のあがきに照れているような、今ひとつ養生が足りず、転移させたことをわびているようにも感じられた母であった。真意のほどはわからないが、こんな母を見たのは初めてだった。父にはどんなふうに話すのであろうか。話さないのであろうか。私は母のことも父のこともよく観察していなかったかもしれない。

父は母に特別優しかったとは思えないが、母が二度目の手術を終え個室に戻ったとき、手術の成功とダメージの少なかったことでみんなが安堵し、父が母を労《ねぎら》うかのようにうちわで母を扇ぎながら「今度わしが悪なったときはたのむぞ」と言った。こんな父を見たのは初めてだった。数少ないが、私が見た、父が母に示した優しさであった。となると、母は別段特別な人生を歩んできたわけではないと思えるようになった。さらに言うならば、癌《がん》と言えどもこの世で一番の不幸ではない。誰のせいでもない、自分自身の体内から出てきた病気、例え末期の症状でもすぐに死ぬわけではない。本人と家族にとって猶予期間はある。不慮の事故で亡くなった人やその家族のほうがもっと気の毒なはず。わかってはいるが、その渦中にいると、世の中の不幸を一身に引き受けているかのように思えてしまう。

母の癌《がん》が何年も尾をひいて残っていてわたしには特別な病気としていつまでもついてまわった。

日本人の多くの人が癌《がん》で身内を亡くしている昨今、癌《がん》の話は人々の同情を引く。事実、私も身近な人から同情されもし、介護しているというと美談のようにもいわれた。本当は本人に告げにくいだけの病気よりも、本人にも告げにくく他人にも話せない、しかも死を意識する病気、こっちのほうが辛いと思う。ただ母の遺書みたいなものになってしまったノートの走り書きに「無念で無念で、いくら考えても行きつくところはただひとつ無念で……」とあったことを思うと、ある時期までとは考えられるが、思いを残して死んだ母のすさまじいまでの生への執着を感じて、私自身も無念な気持ちになってしまう。でも執着があったからこそ、五年と四カ月も生き延びられたとも考えられる。

今、私は母縁の品を二点持っている。と言うよりこれだけしか持っていない。母が亡くなったとき、もう心身ともにヘトヘトになり遺品のことまで考えられなかった。心の中に住み着いた母で十分であった。

生前、母は自分の病名を知り、もう自分の人生も長くないと悟ったのか、私にもらって欲しいものがあると言って持ってきてくれたものがあった。着尺と着物が一枚。私が見たこともない真新しいものだった。きっと母にすればとっておきの二点だったと思う。しかし、これらは私にとっては懐かしくもなんともなかった。今、私がほしいものは、母が後世大事にしていた小豆色のウールのショール。秋口の肌寒くて人恋しく感じられるとき、あのショールにくるまれて温まりたい。ほしいと言えばよかった。また、繰り返し繰り返し洗っては着ていた野良着。もんぺにはんてんにそして、その下に着ていたブラウス。みんな肌触りがよいのである。本当に残したかったものはこういったものである。きっとこれらに触れてみると、例え落ち込んでいたとしても自分を取り戻せるのではないかと思う。母にとって大切な自分がここにいる。そのことを認識させてくれるのではないかと思う。本当に必要だったものは母はいつも身につけていた普段着だった。

私はやっぱり母親への執着が強かったと思う。母はこんな私でもいつもよく褒めてくれたし、頼りにもしてくれ必要としていた。私は母の介護をして母から必要とされたかった。褒めて欲しかった。ただそれだけだったと思える。自分の気持ちが治まるからしていたのである。介護と称して総てに許しを請うた。そんな生活をしてきた。でも私の家族にとってはそこまでしなくてもよいことであった。私のしてきたことは、本当によかったことなのであったのか、今でも思う。この「気後れ雀の母恋日記」も母はどのように思うであろうか。母に届くであろうか、届けてみたい。

故郷の曲がり角には懐かしい人がいる。そんな気がしてくるが、この「気後れ雀の母恋日記」も閉じて、長い間母の思い出に浸った日々にお別れしようと思う。

母と過ごした日々を屏風だたみのようにパタパタと閉じよう。何双もの屏風を積み重ね、元の懐に閉まっておこう。表書きは看病記ではなく「気後れ雀の母恋日記」である。

最後に数年前、母のすぐ下の妹が亡くなったとき、同級生に託した詩を同じ同窓生でもある母に送りたいと思う。

本当は詩の内容も希望や夢や愛なんかではないほうがいいと思うのだが、同窓会に行けなかった母にはこれがいいと思った。

故郷の同窓会に行けなかった母へ

悲しみも希望も

あなたの悲しみ知ったから
私は持つの
あなたの悲しみより大きな希望を
一緒に持つの　悲しみも希望も
そして行こうよ　初夏の風に吹かれて
ふたりなら行ける

あなたの悲しみ聞いたから
私は持つの
あなたの悲しみより大きな夢を
一緒に持つの　悲しみも夢も
そして行こうよ　山吹の咲く里へ
ふたりなら行ける

あなたの悲しみ気づいたから

私は持つの
あなたの悲しみより大きな愛を
一緒に持つの　悲しみも愛も

そして行こうよ　学舎の友のもと
ふたりなら行ける

# 終

スズメが憩う
トタン屋根
春は山吹き
夏には枇杷《びわ》
秋はザクロで
冬南天

曲がってすぐそこ
我が家はある
門口にはいつも誰かがいて
出たり入ったり、

みんな働くばかりであった

こんな環境の元に育ったわたしであったが、いつまでも穏やかに暮らすことはできなかった。

何度も何度も分水嶺に出くわし、舵を切り間違え、家族を路頭に迷わすことになった。曲がっても曲がっても向かい風に苦しんだ。

ただひとつ支えになってくれたものがあった。それはお話を書くこと、それも書ける環境を作ってくれた人たちがいればこそであった。この人たちがいなければ、本になることもなかった。感謝である。

出来上がった本をわたしは抱いて寝る。

**著者　芹澤　小花（せりざわ・こはな）**

気後れ雀の母恋日記

2022年（令和4年）2月15日　初版　第1刷発行

著　者　芹澤　小花

発行者　竹村　正治

発行所　株式会社ウインかもがわ
〒602-8119　京都市上京区出水通堀川西入　亀屋町321

印　刷　新日本プロセス株式会社

ISBN978-4-909880-32-1　C0095